AF721619

Sławomir Mrożek

Liebe auf der Krim

Tragische Komödie in drei Akten

Aus dem Polnischen von Christa Vogel

Diogenes

Originaltitel: ›Miłość na Krymie‹
Umschlagillustration:
René Magritte,
›Die schöne Welt‹, 1960,
Copyright © 1993,
Pro Litteris,
Zürich

Alle Rechte vorbehalten
Copyright © 1994
Diogenes Verlag AG Zürich
30/94/8/1
ISBN 3 257 06013 0

Personenverzeichnis

Tatjana Jakowlewna Borodin, 28 Jahre alt, Akte I, II, III
Lily Karlowna Swjetlow, 25 Jahre alt, Akte I, II. III
Matrjona Wasilewna Tschelsowa, 45 Jahre alt, Akte I, II, III
Anastasja Petrowna Batuschkowa, 60 Jahre alt, Akte I, III

Iwan Nikolajewitsch Zachedrynskij, 50 Jahre alt, Akte I, II, III
Pjotr Alexejewitsch Sejkin, 30 Jahre alt, Akte I, II, III
Rudolf Rudolfowitsch Wolf, 30 Jahre alt, Akte I, II, III
Alexander Iwanowitsch Tschelsow, 45 Jahre alt, Akte I, II, III
Ilja Subatyj, 22 Jahre alt, Akt II
Petja, 27 Jahre alt, Akt III

Darsteller in Episoden

Wladimir Iljitsch Lenin, 40 Jahre alt, Akt I
Der Franzose, 30–40 Jahre alt, Akt II
General, Akt III
Werwolf, Akt III
Katharina die Große, 18–30 Jahre alt, Akt III
Der erste Mann, 30–40 Jahre alt, Akt III
Der zweite Mann, 30–40 Jahre alt, Akt III
1. Matrose, 20–25 Jahre alt, Akt III
2. Matrose, 20–25 Jahre alt, Akt III

Personen

In der Reihenfolge, wie sie im 1. Akt auftreten:

Pjotr Alexejewitsch Sejkin, Oberleutnant, 30 Jahre alt
Tatjana Jakowlewna Borodin, Lehrerin, 28 Jahre alt
Iwan Nikolajewitsch Zachedrynskij, eine »unklare Persönlichkeit«, 50 Jahre alt
Alexander Iwanowitsch Tschelsow, Kaufmann, 45 Jahre alt
Matrjona Wasilewna Tschelsowa, seine Frau, 45 Jahre alt
Rudolf Rudolfowitsch Wolf, Eisenbahningenieur, 30 Jahre alt
Lily Karlowna Swjetlow, Schauspielerin, 25 Jahre alt
Anastasja Petrowna Batuschkowa, Dienerin, 60 Jahre alt
Wladimir Iljitsch Lenin, Revolutionär, 40 Jahre alt

Der Komponist des Liedes »Der Postkutscher« (»Jamschtschik«) ist J. Feldmann, der Text stammt von N. Ritter. Dieses Lied soll russisch, d. h. in der Originalversion gesungen werden.

Erster Akt

Architektur und Einrichtung der Bühne

Krim 1910. Eine einstige Residenzvilla, jetzt eine Pension. Die Bühne wird von fünf Wänden bestimmt, d.h. die Spielfläche ist die Hälfte eines Achtecks, das parallel zu den Seiten 1 und 5 und vertikal zu den Seiten 1 und 7 in zwei Hälften geteilt ist. Alle Bezeichnungen »rechts«, »links« sind vom Zuschauerraum aus gesehen.

Zwei Seitenwände, vertikal zum Proszenium, sind als Wand 1 (die linke Wand) und als Wand 5 (die Wand rechts) bezeichnet die dem Zuschauerraum gegenüberliegende zentrale Wand als Wand 3. Die linke schräg laufende Wand, zwischen Wand 1, d.h. der vertikalen zum Publikum und der Wand 3, d.h. der zentralen Wand, wird als Wand 2 bezeichnet. Die schräge Wand rechts, zwischen der Wand 5, d.h. der parallelen zum Publikum und der Wand 3, d.h. der zentralen Wand, wird als Wand 4 bezeichnet.

Zwischen der linken Wand, die vertikal zum Publikum verläuft, d.h. vertikal zum Proszenium (Wand 1), und dem Proszenium befindet sich ein Ausgang in die linke Kulisse. Dieser Ausgang stellt den Korridor dar, der in die Gästezimmer führt, in die Küche, in die Wirtschaftsgebäude und zum Ein- und Ausgang der Dienerschaft, d.h. er ist für die Dienerschaft bestimmt.

Zwischen der rechten Wand, der vertikal zum Zuschauerraum verlaufenden, d. h. vertikal zum Proszenium (Wand 5) und dem Proszenium befindet sich ein Ausgang zur rechten Kulisse. Dieser Ausgang ist der Hauptein- und -ausgang, d. h. für die Gäste der Pension bestimmt. Er führt zu angenommenen Treppen, da der Salon sich im ersten Stock befindet.

In der zentralen, dem Publikum gegenüberliegenden Wand (Wand 3) gibt es einen Ausgang auf einen Balkon, d. h. eher auf eine Terrasse. Dieser Ausgang ist offen. Um unnötige Schwierigkeiten mit Türen zu vermeiden, gibt es keine Tür. Das Klima auf der Krim ist mild, die Handlung spielt mitten im Sommer, außerdem erlaubt der Stil des Stückes solche Abweichungen vom Naturalismus. Sofern man will, kann man annehmen, daß die Türen nach außen aufgehen.

Dieser Ausgang ist breit, mehrere Personen können frei stehen, ohne sich zu behindern. Es ist weniger eine Tür als vielmehr der Rahmen einer kleinen Bühne im Hintergrund. Der Eindruck, daß es sich um eine kleine Bühne im Hintergrund der großen Bühne handelt, wird zusätzlich unterstrichen, da sie von Plüschvorhängen umrahmt (die jetzt offen sind), mit Schlaufen zusammengebunden und von oben einem Gardinenbrett abgeschlossen wird.

Die Umrahmung wird horizontal von der Balustrade der Terrasse abgeschnitten, einem durchbrochenen Zierwerk, also keine Mauer, das aus einer steinernen Brüstung und ebenfalls steinernen kleinen Säulen besteht. Hinter der Balustrade sieht man die Wipfel von Zypressen, dahin-

ter das saphirblaue Meer und über dem Horizont das azurne Blau des Himmels.

Wenn die genaue Erarbeitung der Perspektive und der Bildkomposition es nicht zuläßt, daß man die Wipfel der Zypressen sieht, kann man darauf verzichten. Die Villa befindet sich abseits, und der Salon – wie schon gesagt – im ersten Stock. Die Entfernung vom Meer ist beliebig, Hauptsache, man sieht das Meer. Unter dem Balkon, parallel zum Meer, verläuft eine unsichtbare Durchfahrtstraße.

Wir ahnen, daß jener Balkon sich an der Fassade des Gebäudes nach rechts und links entlangzieht und als alternativer Kommunikationsweg zwischen dem Salon und den Gästezimmern dient.

Weil die nutzbare Oberfläche der Wand gegenüber nicht sehr groß ist, nimmt der breite Ausgang sie ein, oder vielmehr er öffnet fast die ganze Wand. Zwischen der linken Umrahmung dieses Ausgangs und der Ecke zwischen der zentralen Wand gegenüber (Wand 3) und der schrägen Wand (Wand 2) kann man wahrscheinlich nicht mehr als einen Stuhl stellen. Genauso ist es rechts von der Umrahmung, zwischen der Umrahmung und der Ecke zwischen der zentralen Wand gegenüber (Wand 3) und der schrägen Wand (Wand 4), wo auch nur ein oder zwei Stühle Platz finden.

Auf der Mitte der Bühne ein runder Tisch für acht Personen, mit einem faltenreichen, dunklen, gemusterten Stoff mit Fransen bedeckt. Auf dem Tisch etwas, was dazu dient, den Gästen Früchte anzubieten. Am besten eine Kristallschale auf einem ebenfalls kristallenen Stän-

der. Es geht darum, daß dieses Objekt gut exponiert wird und die Früchte darauf stark gegenwärtig, also sichtbar sind. Erst einmal aber ist diese »Früchteschale« durchsichtig leer.

Bei dem Tisch und um den Tisch herum stehen vier Stühle. Diese Stühle, wie auch die beiden Stühle vor der zentralen Wand gegenüber (Wand 3), die sich an jeder Seite des Balkonausgangs befinden, gehören zu derselben Garnitur. Insgesamt gehören acht Stühle dazu. Der siebente und der achte Stuhl stehen irgendwo herum, wahrscheinlich vor der Wand 2 und (oder) vor der Wand 4, das hängt von den Maßen der Bühne und den Forderungen der Regie ab.

Vor der linken, vertikal zum Proszenium verlaufenden Wand (Wand 1) ein Tisch mit kleinen Bücherfächern, ein sogenannter »Sekretär« mit Schreibutensilien für die Pensionsgäste, damit sie hier ihre Korrespondenz erledigen können. Davor ein Stuhl. Wegen der Erfordernisse des Realismus sollte dies der Stuhl Nr. 9 sein und nicht zu der anderen Garnitur gehören. Wenn aber das Theater arm und die Bühne sehr klein ist, oder wenn die Szene aus anderen Gründen zu voll gestellt wirken sollte, kann es auch einer der Stühle aus der Garnitur sein.

Weiter hinten, vor der Wand 2 (der schrägen), ein Sofa, auf dem bequem drei Personen sitzen können. Über dem Sofa an der Wand hängt eine Gitarre.

Auf der rechten Seite der Bühne, unter der Wand 4 (schräg) eine Anrichte, die zur Aufbewahrung von Porzellan, Gläsern, Weingläsern etc. dient. Über der Anrichte hängt eine Flinte an der Wand.

Näher vor der Wand 5 (vertikal zum Proszenium) ein kleiner Sessel. Das sollte ein einzelner, besonderer Sessel sein, d. h., er hat mit der Garnitur nichts zu tun.

Die oben beschriebene Bühnenarchitektur, die erwähnten und beschriebenen Möbel, die Art und Weise, wie sie angeordnet sind, sind unabdinglich, damit die Vorstellung funktioniert, das nötige Minimum. Sollte noch etwas hinzugefügt, ergänzt oder variiert werden, so gehört das zur Inszenierung. Die oben angeführten Anleitungen bitte ich als grundsätzliches Schema zu behandeln. Die jeweilige Festlegung der Bühnenbildprobleme gehört zu den Aufgaben des Regisseurs und ihre Lösung zu denen des Bühnenarchitekten.

Je größer die Bühne ist, je mehr Raum da ist, desto besser für dieses spezifische Stück. Wenn man alles zusammendrängt, die Bühne vollpackt, ist es wenig zuträglich für das Stück, insbesondere da im 3. Akt die Öffnung erfolgt, d. h. das Hinausgehen aus dem geschlossenen Raum ins Freie. Im 2. Akt erfolgt teilweise ein Dekorationswechsel (die Wände, die Architektur der Bühne bleiben dieselben, aber das Innere verändert sich völlig). Im 3. Akt absoluter Dekorationswechsel.

Dieses Stück verlangt also physischen Raum. Wie kann man zum Beispiel den Tisch »in die Mitte« stellen, ohne daß er gleichzeitig den Ausgang auf die Terrasse blockiert, visuell für die Zuschauer und räumlich für die Schauspieler? Das wird selbst auf einer großen Bühne schwer, und auf einer kleinen unmöglich zu lösen sein. Ein anderes Beispiel: Die Vieleckigkeit der Wände »verschwendet« einen bedeutenden Teil der brauchbaren Bühne. Und schon im 1. Akt werden acht Personen gleichzeitig auf der Bühne sein. Ganz zu schweigen vom 3. Akt, dem »im Freien«.

Aber das Stück verlangt nicht nur physischen Raum. Es gibt auch einen »inneren« Raum, d.h. den Raum der Vorstellung. Um so größer, da jeder Akt in einer anderen Epoche spielt und das Ganze etwa hundert Jahre umfaßt.

Der Vorhang geht hoch.

Links am »Sekretär« sitzt, mit dem Rücken zum rechten Ausgang, der Oberleutnant Pjotr Alexejewitsch Sejkin in einer offenen Uniformjacke und schreibt.
Nach einem Augenblick kommt von rechts Tatjana Jakowlewna Borodin, eine schlanke dunkelhaarige Frau mit dunklen Augen, in sommerlichen Pastellfarben gekleidet. Sie trägt einen Schirm von ebenfalls lebendiger Farbe, über die Schulter geworfen eine etwas fantasievolle Stofftasche, die kann bestickt oder folkloristisch sein. Eine unter dem Kinn zugeknöpfte Bluse mit langen Ärmeln, einen langen bis zu den Knöcheln reichenden, in der Taille und auf den Hüften eng anliegenden Rock. Hut und Handschuhe.
Sejkin wendet den Kopf, kehrt aber sofort zu seinem Schreiben zurück. Tatjana steht einen Augenblick da, dann setzt sie sich auf den Sessel neben dem Eingang.

Pause.

TATJANA Ah, unschön.

Pause.

Alle haben nach Ihnen gefragt...

SEJKIN *ohne das Schreiben zu unterbrechen* Alle?

TATJANA Naja, vielleicht Mademoiselle Lily weniger. Aber die ganze Gesellschaft... Warum sind Sie denn nicht mit uns gekommen, Pjotr Alexejewitsch?

Pause.

So schöne Aussichten! Und keine einzige Wolke. Und der Pfad schlängelt sich immer höher, höher und höher...

SEJKIN *ohne sein Schreiben zu unterbrechen* Aufs Meer?

TATJANA Was aufs Meer?

SEJKIN Ich denke an diese Aussicht. Sicher aufs Meer.

TATJANA Ja! Aufs Meer, auf die Berge, auf die Gärten. Wissen Sie, daß sie jetzt blühen?

SEJKIN Das schließe ich nicht aus.

TATJANA Wohin du siehst – Natur, wo du atmest – Luft.

SEJKIN Da kann man nicht widersprechen.

TATJANA Aber Sie sind hier eingeschlossen, immer allein...

SEJKIN Das stimmt.

TATJANA Das ist nicht gesund, Pjotr Alexejewitsch, man muß rausgehen unter die Menschen.

SEJKIN Wozu?

TATJANA Man muß mit den Menschen leben.

SEJKIN Das heißt mit wem?

TATJANA Na, mit den Leuten.

SEJKIN Mit allen?

TATJANA Ohne Menschen ist der Mensch unmenschlich.

SEJKIN Und mit den Menschen ist er menschlich?

TATJANA Man muß die Menschen lieben.

Sejkin wirft die Feder hin und wendet sich zu Tatjana um.

SEJKIN Sie irren sich. Entweder aufs Meer oder auf die Berge.

TATJANA Was aufs Meer?

SEJKIN Die Aussicht. Man kann nur auf die Berge oder nur auf das Meer sehen. In zwei Richtungen kann man nicht gleichzeitig sehen.

TATJANA Wer will mir das verbieten?

SEJKIN Die Gesetze der Physik, die Geometrie, die Geographie, die Optik... In zwei Richtungen kann man nicht... Um eine Seite zu sehen, muß man auf der anderen sein. Die Berge sind auf der Erde, und das Meer auf dem Meer. Um auf das Meer zu sehen, müssen Sie an Land sein, und um auf die Berge zu sehen – auf dem Meer, und das am besten auf Deck eines Dampfers, denn sonst ertrinken Sie sofort. Na vielleicht noch auf einem Boot.

TATJANA Sie sind böse auf mich?

SEJKIN Auf einem Dampfer, auf einem Boot, auf was auch immer, Hauptsache, nicht direkt auf dem Wasser. Auf dem Wasser kann man nicht laufen, obwohl es angeblich so einen Fall gab... Na, schweigen wir davon. Man muß etwas Festes unter den Füßen haben, etwas, was einen Halt gibt. Wenn das kein Festland ist, dann wenigstens ein Festlandersatz. Und das heißt, daß man so oder so nur vom Land aus auf das Meer sehen kann.

TATJANA Sie haben schlechte Laune.

SEJKIN Ich denke nur logisch.

TATJANA Aber weshalb so logisch?

SEJKIN Das ist eine unlogische Frage. Logisch denken kann man nur logisch, weder weniger noch mehr. Entweder logisch oder nicht logisch.

TATJANA Sie mögen keine Poesie?

SEJKIN Poeten haben wir mehr als genug. Iwan Zachedrynskij ist zum Beispiel ein Poet.

TATJANA Und wer noch?

SEJKIN Iwan Zachedrynskij reicht.

TATJANA Kennen Sie seine Verse?

SEJKIN Nein, aber ich kenne Iwan Zachedrynskij.

TATJANA Mir gefallen sie nicht.

SEJKIN Und Iwan Zachedrynskij?

TATJANA *ohne auf seine Frage zu antworten* Meiner Meinung nach sind sie zu ... zu poetisch.

SEJKIN Die Verse?

TATJANA Irgendwas fehlt da ... Ach, ich weiß schon, es fehlt die Logik.

SEJKIN In den Versen?

TATJANA Mir gefällt die Logik.

SEJKIN Seit wann denn das?

TATJANA Seit kurzem. Um die Wahrheit zu sagen, erst seit heute. Das, was ich von Ihnen über die Logik gehört habe, war sehr überzeugend. Die Logik begeistert mich!

SEJKIN Warum?

TATJANA Weil sie ... so logisch ist ...

SEJKIN Bitte, bitte, das habe ich nicht gewußt.
TATJANA Und ihre Poesie hat.

Man hört einen Kuckuck rufen.

SEJKIN Ich muß Sie warnen, daß...

Tatjana legt den Finger auf den Mund, damit Sejkin schweige. Sejkin schweigt. Tatjana zählt mit den Fingern das Rufen des Kuckucks, es sind fünf Mal, dann schweigt auch der Kuckuck.

Ich muß Sie warnen, daß auch die Logik...
TATJANA *flüsternd* Sagen Sie nichts.

Der Kuckuck läßt sich ein sechstes Mal vernehmen.

Sechs! Eine gerade Zahl!
SEJKIN Was hat das für eine Bedeutung?
TATJANA Ein gutes Vorzeichen.
SEJKIN Und Sie glauben daran?
TATJANA Warum nicht? Glauben ist besser als nicht glauben. Glauben Sie denn an nichts. Pjotr Alexejewitsch?
SEJKIN Wie soll man das sagen... Ich bemühe mich.
TATJANA Zu glauben oder nicht zu glauben?
SEJKIN Das läuft auf dasselbe hinaus.
TATJANA O nein! Es hängt alles davon ab, was man will.
SEJKIN Das ist alles egal.
TATJANA O nein! Es gibt einen Unterschied.
SEJKIN Es gibt keinerlei Unterschied.

TATJANA Aber ja doch!
SEJKIN *heftig* Nein.

Pause.

TATJANA *sanft* Schreien Sie nicht so, Pjotr Alexejewitsch.

Kurze Pause.

Mich können Sie anschreien, aber... Im allgemeinen gehört es sich nicht.

Sejkin steht auf, knöpft seine Uniform zu, krempelt die Ärmel der Jacke herunter, knallt die Hacken zum »Stillgestanden« zusammen und verbeugt sich knapp.

SEJKIN Entschuldigung.

Tatjana streckt die Hand zu ihm aus. Sejkin nähert sich ihr und gibt ihr einen vorschriftsmäßigen Kuß auf die Hand, d. h. auf die Handschuhe. Er entfernt sich sofort, zunächst einige Schritte zurück, als Zeichen der Hochachtung. Tatjana bleibt einen Augenblick, eine Sekunde lang, mit erhobener Hand stehen.

Pause.

Er geht auf der Bühne hin und her, in Gedanken versunken, er ist sich seines Herumlaufens nicht bewußt. Wissen Sie, wenn ich glaube, habe ich Zweifel, und dann höre ich auf zu glauben, denn was ist ein Glaube mit Zweifeln wert. Ich bemühe mich also, nichts zu glauben. Verstehen Sie?

TATJANA Reden Sie weiter.

SEJKIN Also gut, ich glaube nicht. Aber dann beginnen mich Zweifel zu quälen, ob ich wirklich nicht glaube. Und ich fange an, wieder von Anfang an zu glauben. Und dann wieder... Kurz gesagt, so geht es im Kreis.

TATJANA Sie sind sehr müde.

SEJKIN Ja, sehr. So oder so gibt es Zweifel, und Zweifel quälen sehr.

TATJANA Sie tun mir leid. Aber darf man wissen, an was Sie glauben?

SEJKIN An alles und nichts.

TATJANA An die Logik auch nicht?

SEJKIN Um die Wahrheit zu sagen, nein. Zum Teufel mit der Logik.

TATJANA Das ist schrecklich!

SEJKIN Aber ehrlich.

Pause. Tatjana greift in ihre Tasche und holt eine Apfelsine heraus. Sie streckt die Hand mit der Apfelsine zu Sejkin aus. Pause.

TATJANA Ich habe Ihnen eine Apfelsine gebracht.

SEJKIN Für mich?

TATJANA Extra für Sie.

SEJKIN Ich... Ich weiß nicht, ob ich das mag...

Pause.

Sejkin nähert sich Tatjana und bleibt vor ihr stehen.

Pause.

Sejkin steht unbeweglich vor Tatjana. Tatjana sitzt mit ausgestreckter Hand da, in der Hand hält sie die Apfelsine.

Eine Baßstimme hinter der Bühne.

STIMME Limonade! Ein Königreich für eine Limonade!

Man hört das »perlende« Lachen einer Frau.

Sejkin wendet sich von Tatjana ab, geht zu dem Tisch mit den Schreibutensilien und bedeckt den bereits beschriebenen Bogen mit unbeschriebenen.
Tatjana steht auf, geht zum Tisch, legt die Apfelsine in die Obstschüssel.
Von rechts treten auf:
1. Iwan Nikolajewitsch Zachedrynskij, ein stattlicher Mann. Ein leicht ergrauter Backenbart, sonst ein glatt rasiertes Gesicht. Er trägt einen legeren Leinenanzug, ein weites Jackett und zerknautschte Hosen. Ein weißes Hemd und ein schwarzes Tuch um den Hals. Auf dem Kopf einen abgesteppten Leinenhut in der Form eines Napfes, eine Anglerkappe. Eine Zeitung in der linken Tasche seines Jacketts.
2. Lily Karlowna Swetlow, eine schlanke Blondine. Ohne Schirm, aber mit einem breiten Strohhut. In der Hand hat sie einen Fächer.

3. Alexander Iwanowitsch Tschelsow. Bart mit Schnurrbart des Typs »breiter Spaten«. Ein seidenes Russenhemd mit Gürtel, weiche Stiefel mit hohen Schäften. Keine Kopfbedeckung.

4. Matrjona Wasilewna Tschelsowa.

5. Rudolf Rudolfowitsch Wolf. Glattrasiertes Gesicht, gut geschnittener Anzug aus beigefarbenem Alpaka. Auf dem Kopf einen flachen, steifen Strohhut, darunter pomadisierte Haare mit einem Mittelscheitel. Ein dünner eleganter Stock. Eine breite Seidenkrawatte mit einer Nadel.

6. Anastasja Petrowna Batuschkowa mit einem Korb voller Apfelsinen.

LILY Sie sind kein Demokrat, Iwan Nikolajewitsch.

ZACHEDRYNSKIJ In dem Fall nicht. Das ist eine Frage des Stils. »Limonade für eine Republik«, das klingt schlecht.

WOLF Und umstürzlerisch.

ZACHEDRYNSKIJ Nicht unbedingt. Wer würde eine Limonade für eine Republik abgeben?

SEJKIN Ich!

ZACHEDRYNSKIJ Ach, unser Oberleutnant. Wo sind Sie denn geblieben?

TSCHELSOWA *zu Sejkin, kokett* Er hat sich versteckt wie immer.

LILY *sieht Tatjana an* Na, aber nicht vor allen.

TSCHELSOW Ob Königreich oder Republik, es ist heiß.

TSCHELSOWA Wie drückst du dich aus, Aljoscha.

TSCHELSOW Ja, wie soll ich das anders sagen ...

TSCHELSOWA Ich bitte Sie sehr um Entschuldigung, mein Mann dachte an die Temperatur.

LILY Sie denken an die Temperatur?

ZACHEDRYNSKIJ Und er hatte recht, was für eine Hitze. Anastasja Petrowna, gibt es nicht vielleicht was zu trinken?

Anastasja legt die Apfelsinen aus dem Korb in die Obstschüssel, die auf dem Tisch steht.

ANASTASJA Ich bringe Kwas.

TSCHELSOWA Er hat um Limonade gebeten.

ZACHEDRYNSKIJ Von mir aus auch Kwaß, das mag ich sogar lieber.

TSCHELSOWA Wir haben alle gehört...

ZACHEDRYNSKIJ Das muß man nicht wörtlich nehmen. »Ein Königreich für einen Kwaß«, das klingt noch schlechter als eine »Republik für eine Limonade«, und für den russischen Durst ist Kwaß das allerbeste.

TSCHELSOW Heilige Worte.

ZACHEDRYNSKIJ Die Kunst und das Leben, Anastasja Petrowna. So ist es immer bei uns. Shakespeare hat geschrieben: »Ein Königreich für eine Limonade« und er hat eine Limonade getrunken: Und was machen wir? Wir schreiben »Limonade« und trinken Kwaß.

SEJKIN Dann bringen Sie doch endlich die Limonade für Iwan Nikolajewitsch.

ZACHEDRYNSKIJ Danke, Oberleutnant, aber es ist wirklich nicht nötig.

WOLF Na dann probiere ich auch mal diesen Kwaß.

ZACHEDRYNSKIJ Bravo! Unser Gast akklimatisiert sich. und was für die Damen?

TSCHELSOWA *spricht das »an« sehr prätentiös aus* Orangeede.

LILY Wohl Orangeade.

ZACHEDRYNSKIJ Und Sie, Tatjana Jakowlewna?

TATJANA Danke, ich habe keinen Durst.

LILY Nein?

ZACHEDRYNSKIJ Na, dann wissen wir ja alles, Anastasja Pjetrowna, Kwaß, Orangeade und nichts.

SEJKIN Und Limonade.

ZACHEDRYNSKIJ Was wollen Sie mit dieser Limonade, für wen Limonade?

SEJKIN Für Shakespeare.

ZACHEDRYNSKIJ Der lebt nicht mehr.

SEJKIN Dann sind Sie nicht Shakespeare?

TATJANA Pjotr Alexejewitsch!

SEJKIN Ich dachte, er ist es. *Zu Lily* Nicht wahr, er ist es, Liliana Karlowna? Sie als Schauspielerin sollten sich da auskennen.

ZACHEDRYNSKIJ Junger Mann, es ist mir sehr angenehm, daß Sie mich so schätzen, aber man muß mich nicht für dumm verkaufen.

Sejkin entfernt sich und steht in der Tür zum Balkon, sieht auf den Horizont.

Anastasja geht mit dem leeren Korb nach links. Die Tschelsowa, Lily und Tatjana setzen sich aufs Sofa, die Tschelsowa zwischen Lily und Tatjana. Zachedrynskij setzt sich auf den Sessel, den er vor das Sofa stellt. Wolf setzt sich auf einen Sessel, den er ebenfalls vor das Sofa stellt, aber ein wenig weiter weg in der Tiefe, zur rechten Seite von

Zachedrynskij. Tschelsow setzt sich auf den Sessel bei dem »Schreibtisch«, den er vorher umdreht, so daß er die Damen vor sich hat. Er schenkt den Papieren, die auf dem Schreibtisch liegen, keine Beachtung. Auf diese Weise entsteht ein Konversationskreis. Wolf nimmt seinen Hut ab, legt ihn auf die Knie, sitzt steif und artig da. Zachedrynskij nimmt die Anglerkappe ab und steckt sie sorglos in die Jackettasche, setzt sich bequem hin.

Raten Sie mal, Tatjana Jakowlewna, wen wir auf dem Weg getroffen haben.

TATJANA Da bin ich aber riesig gespannt.

ZACHEDRYNSKIJ Die Schwestern Prosorow.

TATJANA Alle drei?

ZACHEDRYNSKIJ Ja, wir sind auf den Bahnhof gegangen, um eine Zeitung zu kaufen, und sie standen da auf dem Bahnsteig. Sie fahren weg.

TATJANA Nach Moskau?

ZACHEDRYNSKIJ Wohin denn sonst?

TATJANA Na endlich.

ZACHEDRYNSKIJ Und ich sage, das ist ein schlechtes Zeichen. Solange sie auf dem Weg waren, gab es ein Gleichgewicht in der Natur. Naja, vielleicht nicht in der Natur, aber in Rußland. Sie wollten und wollten wegfahren, aber sie fuhren nicht weg. Aber jetzt, wo sie wegfahren, heißt es, daß irgendwas passiert.

TSCHELSOW Was?

ZACHEDRYNSKIJ Das ist es ja gerade, daß wir das nicht wissen. Aber es passiert ganz sicher was.

TSCHELSOW Steht was in der Zeitung?

ZACHEDRYNSKIJ Natürlich. In Australien hat man ein außergewöhnlich kleines Straußenei gefunden.

TSCHELSOW Das meine ich nicht, ich meine die Politik.

ZACHEDRYNSKIJ Auf dem Balkan ist es irgendwie ungewiß.

TSCHELSOW Und was ist mit diesem Kometen?

ZACHEDRYNSKIJ Sie meinen den Halley? Der kommt näher.

TSCHELSOW Das gefällt mir nicht.

Von links kommt Anastasja Petrowna mit einer Petroleumlampe.

ZACHEDRYNSKIJ Noch nicht, Anastasja Petrowna.

ANASTASJA He?

ZACHEDRYNSKIJ Die Lampe brauchen wir später. Jetzt ist nicht die Stimmung dafür.

ANASTASJA Dann habe ich mich geirrt.

Anastasja geht nach links ab.

ZACHEDRYNSKIJ *zu Wolf* Unser Volk ist talentiert, aber es fehlt ihm das Gefühl für Komposition. Das ist nicht so wie bei euch.

WOLF Eine andere Tradition.

ZACHEDRYNSKIJ Das bezeichnen Sie sehr schön, aber die mongolische Sklaverei ist eher ein Unglück als eine Tradition.

WOLF Erlauben Sie, Iwan Nikolajewitsch, daß ich nicht einverstanden bin. Es ist wahr, daß Ihre historische Entwicklung anders war als unsere, aber das, was Sie das Gefühl für Komposition nennen, hängt nicht von der Geschichte ab.

ZACHEDRYNSKIJ Sondern von was?

WOLF Vom Raum. Bei uns ist es eng, aber bei Ihnen gibt es unendlich viel Raum. Schwierig, damit fertig zu werden.

ZACHEDRYNSKIJ Aber Sie helfen sich irgendwie.

WOLF Ich gestehe, nicht immer. Ich erzähle mal so einen Fall. Ich habe die Bahn vom Baikal nach Sabaikal gebaut, das heißt vom Sabaikal zum Baikal ebenso. Wir haben gleichzeitig von zwei Seiten angefangen, die Schienen sollten sich in der Mitte treffen, zwischen dem Baikal und dem Sabaikal bzw. zwischen dem Sabaikal und dem Baikal.

TSCHELSOW Ja und, haben sie sich nicht getroffen?

WOLF Woher wissen Sie das?

TSCHELSOW Das ist klar.

WOLF Das ist gar nichts, daß sie sich nicht getroffen haben. Sie verliefen in entgegengesetzte Richtungen!

ZACHEDRYNSKIJ Warum in entgegengesetzte?

WOLF Das eben verstehe ich nicht.

TSCHELSOW Hauptsache, daß sie verliefen.

WOLF Meinen Sie?

TSCHELSOW Na sicher, sie hätten überhaupt nicht verlaufen können.

LILY Sie sehen sehr hübsch aus, Tatjana Jakowlewna, ich beneide Sie um Ihren Hut. Trägt man so was bei euch in Tambow?

TATJANA Wie lieb, daß es Ihnen gefällt.

TSCHELSOWA Ich finde auch, daß Tatjana Jakowlewna unvergleichlich ist. *Zu Lily* Dieser Fächer ist wohl ein japanischer?

LILY Ein echt japanischer.

TSCHELSOWA Und wo haben Sie ihn gekauft?

TATJANA Eine indiskrete Frage. Lily Karlowna hat ihn geschenkt bekommen.

TSCHELSOWA Von einem Japaner? Ich wußte nicht, daß sie hier herumlaufen.

TATJANA Aber nur in gewissen Kreisen.

LILY O ja! *Sieht die Tschelsowa an.* Nur bei den Jugendlichen.

WOLF *zu Tatjana* Sie sind aus Tambow?

TATJANA Ich arbeite dort in der Schule.

TSCHELSOWA Und was unterrichten Sie da?

Von links kommt Anastasja mit einem Samowar.

ZACHEDRYNSKIJ Nun ja, ich wußte, daß es nicht ohne Samowar geht. *Zu Wolf* Sie haben ja wohl bemerkt, daß es bedeutungslos ist, wo man beginnt, weil es sowieso immer mit dem Samowar endet. Wir können gern miteinander diskutieren, aber das Ergebnis ist immer dasselbe.

WOLF Mich stört das nicht.

ZACHEDRYNSKIJ Weil das für Sie Exotik ist, während es uns um das Leben geht. Und wissen Sie, was das schlimmste ist?

WOLF Ohne Übertreibung, Iwan Nikolajewitsch ...

ZACHEDRYNSKIJ Das schlimmste ist, daß wir gerade das lieben. Diese Pension heißt »Nizza«, aber wir würden sogar in das echte Nizza mit dem Samowar fahren. Es gibt keinen Ausweg.

Tatjana steht auf und schließt sich Sejkin an, der in die Ferne sieht.

TATJANA Pjotr Alexejewitsch, es gibt Tee.
SEJKIN Mit Iwan Nikolajewitsch?
TATJANA Pjotr Alexejewitsch, ich bitte ...

Anastasja stellt den Samowar auf den Tisch und bringt die Schüssel mit den Apfelsinen vom Tisch auf die Kommode.

ZACHEDRYNSKIJ Anastasja Petrowna, wenn es schon Tee sein muß, dann wenigstens auch Konfitüre.
ANASTASJA Sofort, sofort. *Sie geht nach links ab.*
TSCHELSOW *sieht auf die Flinte.* Und wieso hängt die Flinte hier?
TSCHELSOWA Aljoscha, laß das, das geht dich nichts an.
TSCHELSOW Wenn sie hier hängt, dann muß das einen Grund haben. Schießt hier jemand?
ZACHEDRYNSKIJ Soweit ich weiß, niemand.
TSCHELSOW Wieso hängt sie dann hier?
ZACHEDRYNSKIJ Vielleicht der Oberleutnant. Er ist ja schließlich beim Militär.
SEJKIN *sieht auf den Horizont.* Interessant.
TATJANA Was, Pjotr Alexejewitsch ...
SEJKIN Sehen Sie das Schiff?
ZACHEDRYNSKIJ *steht auf und kommt zu Sejkin und Tatjana.* Wo?

Pause.

SEJKIN Interessant, ob es auf uns zukommt oder wegfährt?

ZACHEDRYNSKIJ Aber das ist doch einfach, Oberleutnant. Wenn es auf uns zukommt, dann wird es gleich größer werden, wenn es wegfährt, immer kleiner. Bringt man euch das in der Garnison nicht bei?

TATJANA Es wird nicht größer.

SEJKIN *sieht immer noch in die Ferne und beachtet Zachedrynskij nicht.* Es wird auch nicht kleiner.

Pause.

ZACHEDRYNSKIJ Tatsächlich.

LILY Ich möchte es auch sehen.

Lily steht auf und schließt sich Sejkin, Tatjana und Zachedrynskij an. Wolf und Tschelsow stehen auf und eilen ihnen nach.

TSCHELSOWA Aljoscha, wohin willst du?

TSCHELSOW Ich komme gleich zurück.

Sejkin, Tatjana, Zachedrynskij, Wolf und Tschelsow stehen am Ausgang zur Terrasse und sehen in die Ferne. Die Tschelsowa steht auf, dann setzt sie sich, dann steht sie wieder auf und geht zur Gruppe.

Sieht in die Ferne. Sollen es doch …

TSCHELSOWA *warnend* Aljoscha!

TSCHELSOW Weder zu uns noch weg von uns… diese Hundesöhne.

WOLF Warum regen Sie sich darüber so auf, Alexander Iwanowitsch?

TSCHELSOW Naja, wenn weder zu uns noch von uns weg, dann wohin?

ZACHEDRYNSKIJ Da ist was dran, an dem was Sie sagen.

WOLF Ich sehe keinen Grund, sich aufzuregen. Das Schiff liegt vor Anker, die Sache ist völlig rational.

ZACHEDRYNSKIJ Sicher, aber nur für Sie. Bitte seien Sie nicht beleidigt, Rudolf Rudolfowitsch, aber Ihnen fehlt das Gefühl für Metaphysik.

WOLF Mit Verlaub, ich sehe darin nichts Metaphysisches.

ZACHEDRYNSKIJ Na eben, Sie sehen nichts, obwohl das klar auf der Hand liegt. Alexander Iwanowitsch, haben Sie Philosophie studiert?

TSCHELSOW Das hat sich irgendwie nicht ergeben.

ZACHEDRYNSKIJ *zu Wolf* Sehen Sie? Er hat nicht studiert. Aber er hat mit untrüglichem Instinkt das Ganze auf einer höheren Ebene verstanden. Ich verstehe nichts.

Von links kommt Anastasja Petrowna, sie trägt auf einem Tablett einen Teekessel und ein großes Glas Konfitüre herein. Sie stellt das Tablett auf den Tisch neben den Samowar. Sie stellt Stühle an den Tisch, holt aus der Kommode Gläser, Teelöffel, Untertassen und Teller, deckt den Tisch.

Zachedrynskij, Lily, Tschelsow, Tschelsowa, Tatjana, Sejkin und Wolf verlassen den Balkon und nehmen disku-

tierend Plätze am Tisch ein. Sie setzen sich in folgender Reihenfolge, von der linken Seite des Halbkreises aus gesehen:
Tschelsow gegenüber der an der Wand hängenden Flinte, mit abgewandtem Gesicht. An seiner linken Seite Sejkin, mit dem rechten Profil zum Zuschauer Wolf, Tatjana (mit dem Gesicht zum Zuschauer), die Tschelsowa, Lily (mit dem linken Profil zum Zuschauer und Sejkin gegenüber), Zachedrynskij (an dem rechten Rand des Halbkreises).

Ich erkläre Ihnen das gleich. Gehen wir von der Voraussetzung aus, weder zu uns noch weg von uns. Das verstehen Sie wohl.

WOLF Nein.

ZACHEDRYNSKIJ Wie soll ich das anders sagen ... Wir sind hier, sie sind da. Und sie kommen weder zu uns noch zu anderen.

WOLF Wer?

ZACHEDRYNSKIJ Na, dieses Schiff natürlich! Aber es geht gar nicht um dieses Schiff, das ist nur ein Symbol. Wenn wir uns an das Schiff als ein nicht symbolisches Subjekt halten, dann könnte man schlußfolgern, daß es, wenn es nicht zu uns fährt, bedeutet, daß es irgendwelche Gründe hat. Es mag uns nicht, zum Beispiel.

WOLF Weshalb mag es uns nicht?

ZACHEDRYNSKIJ Ja wer soll das denn wissen. Aber sei es, wie es sei, es mag uns oder nicht, Liebe kann man nicht anordnen. Nicht wahr, Oberleutnant?

SEJKIN Sie reden mit mir?

ZACHEDRYNSKIJ Ja, mit wem denn sonst, Sie sind hier der einzige Oberleutnant.

Anastasja Petrowna geht nach links ab.

WOLF Aber das heißt, daß er die anderen auch nicht mag.

ZACHEDRYNSKIJ Was für andere?

WOLF Na die, die woanders sind. Denn wenn es zu denen auch nicht...

ZACHEDRYNSKIJ Sie machen Fortschritte, aber mögen oder nicht mögen, darum geht es nicht vor allem. Es geht darum, wenn es weder hierhin noch dahin fährt, wohin dann? Na, wohin, sagen Sie mir das.

WOLF Das weiß ich nicht.

ZACHEDRYNSKIJ Na eben! Nirgendwohin! Und ins Nirgendwohin geht es nicht. Jetzt sehen Sie, was das für ein Rätsel ist.

WOLF Ich bin damit nicht einverstanden. Es muß ein Irgendwohin geben.

ZACHEDRYNSKIJ Es muß, aber kann nicht.

WOLF So kann man nicht leben.

ZACHEDRYNSKIJ Man kann nicht, aber man muß.

WOLF Ich habe das Gefühl, daß ich davon Kopfschmerzen bekomme.

ZACHEDRYNSKIJ Weil Sie nicht daran gewöhnt sind. Aber wir leben so, es tut weh, aber wir leben.

WOLF Wenn es nirgendwohin fährt und man nicht nirgendwohin fahren kann, dann wohin fährt es in dem Fall...

ZACHEDRYNSKIJ Sehr gut, noch ein bißchen, und wir machen aus Ihnen einen Slawen. Aber Sie verstehen es nicht, weil Sie zu viel vom Kopf her denken wie ihr alle da im Westen. Hier muß man nicht mit dem Kopf, sondern mit der Seele denken.

WOLF Das heißt wie?

ZACHEDRYNSKIJ Das werden Sie gleich sehen. Liliana Karlowna, ich habe eine Bitte an Sie.

LILY An mich?

ZACHEDRYNSKIJ Bitte, bitten Sie Pjotr Alexejewitsch, daß er uns was vorspielt.

LILY Warum bitten Sie ihn nicht selbst?

ZACHEDRYNSKIJ Weil er mit mir nicht redet, aber Ihnen wird er es sicher nicht abschlagen.

SEJKIN Eine Shakespeare-Intrige.

ZACHEDRYNSKIJ Sehen Sie? Schon hat er was gegen mich. Sagen Sie ihm, daß das nicht für mich, sondern für Rudolf Rudolfowitsch ist.

TATJANA Ja! Spielen Sie etwas, Pjotr Alexejewitsch, wir bitten darum!

TSCHELSOW Ein guter Gedanke.

ZACHEDRYNSKIJ Für Rudolf Rudolfowitsch in erzieherischen Absichten.

LILY Pjotr Alexejewitsch...

Sejkin steht auf.

SEJKIN Ist gut, ich spiele was.

Die Versammelten geben fast im Chor, aber individuell gesondert Beifallsschreie von sich. In der Art von

»Bravo!« »Spielen Sie! Spielen Sie!« »Na toll!« (Tschelsow) usw.

Aber nicht für Rudolf Rudolfowitsch.
ZACHEDRYNSKIJ Sondern für wen?
SEJKIN Das ist meine Sache.

Sejkin geht weg vom Tisch und nimmt die Gitarre von der Wand. Er setzt sich aufs Sofa und stimmt die Gitarre.

ZACHEDRYNSKIJ *zu Wolf* Und jetzt passen Sie auf.

Sejkin findet seinen Ton und beginnt nach einer kurzen Ouvertüre zur Gitarre zu singen.

SEJKIN *singt auf russisch*

Kak grústno, tumánno krugóm,
Trosklíw, besotráden mój pút,
A próschloje káshetsja snom,
Tomít najboléjschuju grusd.

Jamschtschík, ne goní loschadéj,
Mne nékuda bólsche speschít.
Mne níkowo bólsche ljubít
Jamschtschík, ne goní loschadéj.

Während Sejkin singt, dämmert es langsam.

Kak sháshdu sred mrátschnych rawnín
Isménu zabýt i ljubów
No pámjat, moj slój wlaselín
Wse búdet minúwschije wnow.

Jamschtschík, ne goní loschadéj
Mne nékuda bólsche speschít
Mne níkowo bólsche ljubít
Jamschtschík, ne goní loschadéj.

Wsjo býlo lisch lósh i obmán
proscháj i metschtý i pokój
A bol nezakrýschychsja ran
Ostajótsja wetschno so mnoj.

Jamschtschík, ne goní loschadéj
Mne nékuda bólsche speschít
Mne níkowo...

Sejkin hört plötzlich auf.

SEJKIN Das reicht. *Er legt die Gitarre auf das Sofa.*
LILY *klatscht in die Hände.* Mehr, mehr!

Der Rest der Versammelten schweigt.
Es dämmert. Von links kommt Anastasja Petrowna mit einer brennenden Petroleumlampe. Sie stellt die Lampe auf den Tisch und geht nach links ab.

TSCHELSOW *unterbricht das allgemeine Schweigen* Wie bitte kann es geschehen, meine Herrschaften, daß nichts geschieht, aber alles sich ereignet?

ZACHEDRYNSKIJ Woran denken Sie, Alexander Iwanowitsch?

TSCHELSOW Ans Leben. So, da sitzen wir, sitzen und trinken Tee, und uns wachsen die Haare. Ist das etwa sensationell? Nein, wir bemerken es nicht einmal... Aber sie wachsen und wachsen weiter, und wir merken nicht einmal, wann wir zum Friseur gehen müssen.

WOLF Und jemand mit Glatze?

TSCHELSOW Was für eine Glatze?

WOLF Na, wenn jemand eine Glatze hat. Dem wachsen doch keine Haare.

ZACHEDRYNSKIJ Rudolf Rudolfowitsch, Sie sollten sich was schämen.

Die Versammelten beginnen mit dem Teezeremoniell, sie gießen den Sud ein, heißes Wasser, löffeln Konfitüre auf die Teller etc.

WOLF Das ist keine Antwort.

ZACHEDRYNSKIJ Sie sind ein hoffnungsloser Fall.

TSCHELSOW Wenn ihm keine Haare wachsen, dann wächst ihm was anderes. Und alles geht seinen Weg.

WOLF Ah, jetzt versteh ich, Fortschritt!

TSCHELSOW Was für ein Fortschritt. Der schreitet ohne uns fort.

ZACHEDRYNSKIJ Rudolf Rudolfowitsch, hören Sie endlich auf, diese Eisenbahn zu bauen. Sie schadet Ihnen nur.

WOLF Die Eisenbahn schadet?

ZACHEDRYNSKIJ Sie verdüstert Ihren Kopf, Sie verlieren das gesunde Augenlicht. Alles, was Sie sehen, das sind Schienen und Schienen.

Sejkin steht auf und kehrt an den Tisch zurück.

SEJKIN Hören Sie doch auf, Rudolf Rudolfowitsch zu quälen.

ZACHEDRYNSKIJ Ich quäle ihn nicht, ich will sein Bestes.

SEJKIN Er hat recht.

ZACHEDRYNSKIJ Mit diesen Schienen?

SEJKIN Genau damit: Nur Schienen können uns retten.

ZACHEDRYNSKIJ Wovor?

SEJKIN Vor der Metaphysik.

ZACHEDRYNSKIJ Ja? Und wer hat »Jamschtschik« gesungen?

SEJKIN Ich bin ein verlorener Mensch, ich zähle nicht.

TSCHELSOW *zu Wolf* Und haben Sie schon viel gebaut?

WOLF Zweitausenddreihundertundfünfundachtzig Kilometer.

TSCHELSOW In Werst ist das wieviel?

ZACHEDRYNSKIJ Egal, darum geht es nicht. Sagen Sie mir, Rudolf Rudolfowitsch, Sie bauen und bauen, aber wenn Sie dann gebaut haben, was ist dann?

WOLF Was heißt, was dann …

ZACHEDRYNSKIJ Na dann, das heißt danach. Nehmen wir mal an, daß Sie mit Ihren Schienen die ganze Weltkugel umfaßt haben. Dann setzen Sie sich in den Zug, sagen wir in Charkow, und fahren los. Sie fahren, und Sie denken, daß Sie aus Charkow rausgefahren sind. Und Sie fühlen sich gut, denn wer wollte schon für immer in Charkow bleiben. Die Zeit vergeht, Sie fahren und freuen sich: »Wunderbar, ich fahre.« Und Sie gucken aus dem Fenster, und was sehen Sie? Wieder Charkow.

TSCHELSOWA Wieso denn, wenn er aus Charkow weggefahren ist?

ZACHEDRYNSKIJ Die Erdkugel ist rund, bitte sehr.

TSCHELSOWA Aber daß er so weit...

WOLF Das ist eine demagogische Frage. So lange fahre ich nicht.

ZACHEDRYNSKIJ Aber Ihre Enkel, Sie werden wohl heiraten, Kinder haben.

TSCHELSOW Ich hatte mal ein Geschäft im Charkower Gouvernement zu erledigen. Ich bin auf dem Bahnhof ausgestiegen, aber von dem Bahnhof aus sind es noch zwei Tage mit dem Fuhrwerk, na, vielleicht anderthalb, wenn man gute Pferde bekommt. Ich sehe, da stehen zwei Bauern vor der Lokomotive, die haben zum ersten Mal in ihrem Leben eine Lokomotive gesehen. Und die Kolben in der Lokomotive stampfen, der Dampf zischt, die Bauern stehen und stehen, gucken und gucken. Schließlich sagt ein Bauer zum anderen: »Das ist die Technik, Eisen fickt Eisen.«

TSCHELSOWA Aljoscha!

TSCHELSOW Wie soll ich das anders sagen?

TATJANA Pjotr Alexejewitsch, Konfitüre?

SEJKIN Ich mag nicht.

ZACHEDRYNSKIJ *zu Tschelsow* Sind Sie oft unterwegs?

TSCHELSOW Na ja, ich muß, Geschäfte.

ZACHEDRYNSKIJ Da sehen Sie so allerhand.

TSCHELSOW Ach was! Was ist da schon zu sehen. Überall dasselbe.

TSCHELSOWA Mein Mann liebt es am meisten, zu Hause zu sitzen. Nicht wahr, Aljoscha?

TSCHELSOW *ausweichend* Man kann sagen, gewissermaßen.

ZACHEDRYNSKIJ *zu Tschelsow* Schlafen Sie gut?

TSCHELSOW Natürlich. Wieso?

ZACHEDRYNSKIJ Weil, ich nicht allzusehr. In der Nacht schießen die Leutnants in den Büschen herum und wekken einen.

LILY Aus Liebe?

ZACHEDRYNSKIJ Einige aus Liebe, aber hauptsächlich aus Dekadenz.

TSCHELSOW Ich kannte mal einen Leutnant. Sie haben ihn im Bett gefunden, mit einem Schuh in der Hand, den zweiten hatte er am Fuß. Er hat einen Zettel hinterlassen: »Es war so langweilig, den immer an- und auszuziehen« und hat sich erschossen.

TSCHELSOWA Aljoscha!

TSCHELSOW Na, vielleicht hat er sich nicht ganz und gar erschossen.

ZACHEDRYNSKIJ Na bitte! *Zu Sejkin* Und Sie, Oberleutnant, hätten keine Lust?

SEJKIN Wechseln wir das Thema.

ZACHEDRYNSKIJ Weshalb? Selbstmord ist eine sehr menschliche Sache.

WOLF Weshalb glauben Sie, daß sich Pjotr Alexejewitsch erschießen sollte, das verstehe ich nicht.

ZACHEDRYNSKIJ Es sieht mir so aus. Und außerdem ... *Zu Sejkin* Sie haben anscheinend was geschrieben, war das nicht ein Testament?

TATJANA Iwan Nikolajewitsch!

ZACHEDRYNSKIJ Na, in aller Freundschaft.

TATJANA Reden wir von was anderem.

Lange Pause.

TSCHELSOWA *zu Lily* Angeblich spielen Sie in dem Theater eine nackte Negerin.

LILY Das bin nicht ich, sondern mein Partner.

TSCHELSOWA Verkleidet?

LILY Und keine Negerin, sondern einen Mauren.

TSCHELSOWA Ganz egal. Ich habe gehört, daß Sie ihn erwürgen.

LILY Nein, er mich.

TSCHELSOWA Ich würde es nie erlauben, daß ein Neger mich erwürgt.

TSCHELSOW Man hat mir von einem Neger im Omsker Gouvernement erzählt...

TSCHELSOWA *scharf* Aljoscha!!

TSCHELSOW Naja, sie haben das überhaupt nicht von ihm erzählt.

LILY *zu Zachedrynskij* Iwan Nikolajewitsch, mögen Sie Konfitüre?

ZACHEDRYNSKIJ Gern.

Plötzlich steht Sejkin auf.

SEJKIN Liliana Karlowna!

Alle unterbrechen ihre Teeaktivitäten und wenden sich Sejkin zu. Pause.

Darf ich Sie um Ihre Hand bitten?

Tatjana steht vom Tisch auf und geht über den Balkon nach links ab. Pause.

Heiraten Sie mich?

ZACHEDRYNSKIJ *erhebt sich vom Sessel.* Ich denke, daß Liliane Karlowna lieber mit Ihnen allein sprechen würde.

SEJKIN Ich habe nichts zu verbergen.

Zachedrynskij setzt sich wieder.

Liliana Karlowna, ich stelle Ihnen unsere Zukunft vor. Heiraten können wir sofort, morgen. Sie in einem schneeweißen Kleid. Geld für das Kleid wird sich finden lassen, ich borge es. Ich versetze den Säbel und borge. Dann fahren wir zu mir, in die Garnison. Ich bin vom Samurischen Regiment, wir werden lange fahren. Das wird Ihnen gefallen, da gibt es nichts, nur die Steppe, das Auge kann sich frei bewegen. Eine Wohnung miete ich in der Vorstadt, das letzte Haus, weil das am billigsten ist, aus dem Fenster sieht man nur die Steppe. Ein Zimmerchen, aber es reicht, was brauchen wir mehr für unser Liebesnest. Tagsüber muß ich in die

Kaserne, exerzieren und so alles mögliche machen, wie das eben so ist in der Kaserne, aber nachts werden wir zusammen sein. Höchstens, daß ich mal ins Kasino gehe, Karten spiele, Sie verstehen, man muß mit den Kameraden leben, und ein Kognak beim Kartenspiel. Das dauert bis Mitternacht, und selbst wenn es bis zum Morgen geht, schließlich lieben Sie mich …

ZACHEDRYNSKIJ *zu sich* Schwein …

SEJKIN Im übrigen müssen Sie tagsüber ja nicht zu Hause sitzen. Einige der Offiziere sind verheiratet, da finden Sie sicher Gesellschaft. Die Frau des Oberleutnant arrangiert Teegesellschaften für die Offiziersfrauen, sogar mit Klavierspiel. Das Städtchen ist nicht groß, das muß man zugeben, aber die Leute leben dort. Sie werden sich freuen, wenn Sie da hinkommen. Die Apothekersfrau nimmt sich Ihrer an wie eine Mutter, die Bürgermeistersfrau lädt Sie zu dem Damenkreis der Strickenden ein, Sie weben sich einen Wandteppich. Oder stricken einen Schal für mich …

Pause. Tschelsow nimmt sich aus dem Glas Konfitüre auf den Teller und klappert dabei mehrere Male mit dem Löffel, weil die Konfitüre nicht vom Löffel abrutschen will.

TSCHELSOWA Ruhe!

SEJKIN Nach einigen Jahren werde ich befördert. Nach fünf oder nach zehn Jahren, aber ich avanciere, die Zeit vergeht schnell, Sie werden sich davon überzeugen. Der Tag vergeht nicht, aber die Jahre. Und wenn wir Kinder haben werden, dann bemerken Sie das gar nicht.

ZACHEDRYNSKIJ *dreht sich im Sessel um.* Ich kann das nicht mitanhören.

SEJKIN Liliana Karlowna, sind Sie einverstanden?

Lange Pause.

LILY Ja.

SEJKIN Wie das...

LILY Ich heirate Sie.

SEJKIN Sie...

LILY Ich nehme Ihren Antrag an.

Sejkin steht einen Augenblick da, dann geht er, den Tisch von der Seite des Proszeniums her umkreisend, schnell nach rechts, er rennt fast.

TSCHELSOWA *steht auf und ruft ihm nach* Pjotr Alexejewitsch!

Pause. Lily steht auf und läuft nach links.

ZACHEDRYNSKIJ *zu Tschelsow* Wissen Sie, weshalb Rußland untergehen wird?

TSCHELSOW Weshalb?

ZACHEDRYNSKIJ Weil selbst die Dekadenzler leben wollen.

TSCHELSOWA *setzt sich.* Arme Liliana Karlowna...

TSCHELSOW Aber er hat ihr doch einen Antrag gemacht.

TSCHELSOWA Halt den Mund!

Pause. Die Tschelsowa steht auf.

Ich gehe zu ihr. Sie wird sich noch was antun.

ZACHEDRYNSKIJ Ja, gehen Sie lieber, man läßt sie besser nicht allein.

Die Tschelsowa geht nach links ab. Wolf steht auf, nimmt seinen Hut und Stock, geht nach links.

Sie auch?

WOLF *bleibt stehen.* Nein, aber ich will mich etwas abkühlen, zu viele Eindrücke. *Geht nach links ab.*

Pause.

ZACHEDRYNSKIJ Na, und was sagen Sie zu dem allem, Alexander Iwanowitsch?

TSCHELSOW *zieht ein Taschentuch hervor und wischt sich den Schweiß von der Stirn.* Ich habe gesagt, es ist zu heiß.

ZACHEDRYNSKIJ Sehen Sie sich diesen Sejkin an. Eine jämmerliche Figur, was?

TSCHELSOW *mit Nachsicht, sogar einer gewissen Sympathie für Sejkin, in dem Sinne von »Man soll ihn nicht zu hart beurteilen«* Wie ein Oberleutnant eben.

ZACHEDRYNSKIJ Nicht ganz. Lermontow hat wenigstens Gedichte geschrieben, aber so einer würde noch nicht einmal einem Soldaten eins auf die Schnauze geben.

TSCHELSOW Ach, würde er wohl schon.

ZACHEDRYNSKIJ Selbst wenn, dann ganz schwach.

TSCHELSOW Es wird alles gut enden.

ZACHEDRYNSKIJ Ich bin da nicht so sicher. Zu viele Leidenschaften. Haben Sie je in einem Gouvernement so viel davon gesehen?

TSCHELSOW *steht auf.* Ich geh ihn mal suchen.

Tschelsow geht nach rechts. Als er an der Flinte vorbeikommt, bleibt er stehen.

Sie hängt da, immer hängt sie da.

Tschelsow geht nach rechts.
Pause. Zachedrynskij trommelt mit den Fingern auf dem Tisch. Er steht auf, geht nach rechts, hält inne, bleibt einen Augenblick stehen, kehrt zum Tisch zurück, setzt sich.
Von links kommt Tatjana herein, in einem anderen Kleid, jetzt in dunkleren Tönen, und mit einem anderen Hut. Hinter ihr trägt Anastasja einen Koffer, einen Mantel und einen großen schwarzen Regenschirm.

ZACHEDRYNSKIJ *steht auf.* Wohin denn, Tatjana Jakowlewna?

TATJANA Ich fahre ab.

ZACHEDRYNSKIJ Nach Tambow?

Tatjana kommt zu ihm und streckt ihm die Hand zum Abschied hin.

Setzen Sie sich hin, und sitzen wir nach alter Sitte einen Augenblick. So fährt man schließlich nicht weg.

Tatjana setzt sich. Anastasja stellt den Koffer auf die Erde, steht und wartet.

Zu Anastasja Anastasja Petrowna, warten Sie unten.

Anastasja hebt den Koffer hoch und geht rechts ab.

Ist das denn notwendig?

TATJANA Das Schuljahr fängt bald wieder an, und ich muß die Aufgaben noch vorbereiten.

Zachedrynskij setzt sich Tatjana gegenüber.

ZACHEDRYNSKIJ Sie sind eine gewissenhafte Lehrerin.

TATJANA Das ist meine Pflicht.

ZACHEDRYNSKIJ Sie werden uns fehlen.

TATJANA *lächelt dankbar.* Na, nicht allen.

ZACHEDRYNSKIJ Aber einigen doch. Mir zum Beispiel.

TATJANA Sie sind sehr gut.

ZACHEDRYNSKIJ Nein, ich bin ein schlechter Mensch. Eitel, arrogant, unsolide, ich rede zu viel, ich trinke zu viel...

TATJANA Sie schätzen sich nicht richtig ein.

ZACHEDRYNSKIJ ... Und ich weiß zu viel über mich. Aber Sie wissen nicht alles von mir, das ist auch besser. Aber da Sie nicht alles von mir wissen, und selbst wenn ich es Ihnen erzählte, würden Sie es sowieso nicht glauben, dann...

Pause.

TATJANA Was dann?

ZACHEDRYNSKIJ Dann könnten Sie bei mir bleiben...

TATJANA Auf der Krim?

ZACHEDRYNSKIJ Für immer.

Tschelsows Stimme hinter der Bühne.

TSCHELSOW Pjotr Alexejewitsch!...

TATJANA Das ist wohl kaum möglich. Ich mag Sie sehr, aber...

ZACHEDRYNSKIJ ...aber Sie lieben mich nicht.

TATJANA Wenn wir uns unter anderen Umständen getroffen hätten...

ZACHEDRYNSKIJ Ich verstehe.

TATJANA Nein, Sie verstehen nicht alles, wissen Sie... Ach, wie soll man das erklären.

ZACHEDRYNSKIJ Man muß es nicht erklären.

TATJANA Ich möchte nicht heiraten.

ZACHEDRYNSKIJ Mich nicht?

TATJANA Niemanden.

Hinter der Bühne, jetzt schon weiter entfernt, Tschelsows Stimme.

TSCHELSOW Pjotr Alexejewitsch!!...

TATJANA Das heißt nicht, daß ich nicht glücklich sein wollte, aber persönliches Glück ist Egoismus. Es gibt so viel Unglück auf der Welt... Man muß für die Menschen leben...

ZACHEDRYNSKIJ *versteht, daß er definitiv abgelehnt ist,*

aber nicht aus gesellschaftlich-ideologischen Gründen, und daß es keine Hoffnung für ihn gibt. Ach, so...

TATJANA Den Menschen helfen...

ZACHEDRYNSKIJ Wie helfen?

TATJANA Nützlich sein. Man muß nicht für sich leben, sondern für die Gesellschaft, aufbauen, heilen, aufklären...

ZACHEDRYNSKIJ Menschen aufklären?

TATJANA Sie wissen selber, wieviel zu tun ist. Wieviel Elend es gibt, wieviel Dummheit.

ZACHEDRYNSKIJ Natürlich. Ich bin selber elend und dumm.

TATJANA Man muß unters Volk gehen.

ZACHEDRYNSKIJ Davon rate ich ab.

TATJANA Sie glauben, die Menschen sind schlecht? Das ist nicht wahr. Es scheint so, als ob sie schlecht sind, weil sie nicht zu leben wissen.

ZACHEDRYNSKIJ Und Sie sagen es ihnen.

TATJANA Sie wissen es nicht, weil sie von einer schlechten Welt umgeben sind. Man muß die Welt verändern, und dann ändern sich die Menschen.

ZACHEDRYNSKIJ Und die Welt, das sind keine Menschen?

TATJANA Nicht heute, aber in hundert, zweihundert Jahren... Jetzt herrscht überall das Böse und Unrecht, aber in hundert, zweihundert Jahren wird der Mensch besser, schöner sein... Alles hängt von uns ab. Man muß nur arbeiten, arbeiten, arbeiten...

Pause.

ZACHEDRYNSKIJ Ich habe einen Vorschlag für Sie. Wenn Sie sich schon unbedingt für die ganze Menschheit aufopfern wollen, könnten Sie nicht bei mir anfangen?

TATJANA Bei Ihnen?

ZACHEDRYNSKIJ Ja, sich für mich aufopfern. Sich für einen Menschen aufzuopfern ist leichter als für die ganze Menschheit. Oder wenn Sie wollen, schwieriger. Mit mir wird es Ihnen an Gelegenheiten nicht fehlen, ich habe Ihnen schon gesagt, was ich für einen Charakter habe. Das wird für Sie eine wunderbare Quälerei.

TATJANA *steht auf und streckt Zachedrynskij ihre Hand hin.* Gott sei mit Ihnen.

ZACHEDRYNSKIJ Das reicht mir nicht.

Zachedrynskij küßt Tatjanas Handschuhe.

Ich begleite Sie hinaus.

TATJANA Das ist nicht nötig. Anastasja Petrowna begleitet mich.

ZACHEDRYNSKIJ Für mich ist das nicht dasselbe.

Tatjana geht nach rechts, Zachedrynskij neben ihr. Zachedrynskij bleibt stehen.

Adieu?

TATJANA Adieu.

Tatjana geht nach rechts ab. Zachedrynskij kehrt zurück, steht einen Augenblick lang in der Mitte der Bühne, geht zum Balkon, steht einen Augenblick lang in der Balkontür, sieht in die Dunkelheit. Plötzlich wendet er sich nach rechts, zum Eingang des Salons. Von rechts kommt Tschelsow.

TSCHELSOW Er ist nirgends zu finden. Statt dessen habe ich Tatjana Jakowlewna getroffen. Sie hat gesagt, daß sie abfährt. Ist das wahr?

ZACHEDRYNSKIJ Es ist wahr.

TSCHELSOW Es ist wohl wahr, weil Anastasja Petrowna ihre Koffer getragen hat. Was geht denn hier vor, Iwan Nikolajewitsch?

ZACHEDRYNSKIJ Nichts Besonderes. Die Dinge nehmen ihren Lauf.

Tschelsow geht zur Anrichte, öffnet sie.

TSCHELSOW Ist nicht da.

Tschelsow stellt Porzellan und Glas auf die Regale.

ZACHEDRYNSKIJ Was suchen Sie, Alexander Iwanowitsch?

TSCHELSOW Da ist es! *Er nimmt eine Karaffe mit Kirschlikör heraus.* Ich muß was trinken: Das hat mich alles sehr aufgeregt.

Tschelsow geht zum Tisch und stellt die Karaffe auf den Tisch.

Und Sie?

ZACHEDRYNSKIJ Ich auch.

Tschelsow kehrt zu der Anrichte zurück und nimmt zwei Gläser heraus. Tschelsow und Zachedrynskij setzen sich an den Tisch. Tschelsow auf seinen früheren Platz, d. h. mit dem Gesicht zu der Wand, an der die Flinte hängt. Zachedrynskij ihm gegenüber, mit dem Rücken zur Flinte.

TSCHELSOW *erhebt das Glas.* Auf das Wohl von Pjotr Alexejewitsch.

ZACHEDRYNSKIJ Ist das unbedingt notwendig?

TSCHELSOW Er braucht das.

Sie trinken. Tschelsow atmet erleichtert auf, setzt sich bequem auf den Stuhl, entspannt sich.

Überall irgendwelche Omen, Iwan Nikolajewitsch, wo der Mensch sich auch hinbewegt, da trifft er auf was Merkwürdiges. Alles ist angeblich normal, aber irgendwie ... an der Seite vorbei.

ZACHEDRYNSKIJ Vorbei?

TSCHELSOW Vorwärts, aber nicht vorne. Haben Sie mal einen Wolf gesehen?

ZACHEDRYNSKIJ Ich glaube nicht.

TSCHELSOW Wölfe gehen so. Vorwärts, aber seitwärts, als schielten sie mit den Beinen. Und deshalb glaube ich ihnen nicht.

ZACHEDRYNSKIJ Hier gibt es keine Wölfe.

TSCHELSOW Oh, das wissen Sie nur nicht. Sie sind überall. Es ist alles voll von ihnen. Oh, vielleicht sitzt jetzt gerade einer unter dem Tisch ... Und am schlimmsten sind die Werwölfe.

ZACHEDRYNSKIJ Haben Sie einen gesehen?

TSCHELSOW Persönlich nicht, Gott behüte! Aber angeblich ist einer in zwei Teilen in Moskau aufgetaucht.

ZACHEDRYNSKIJ In zwei Teilen?

TSCHELSOW Das heißt, den Kopf hatte er extra und den Rumpf extra. Der Rumpf steckt in einer Generalsuniform, aber was mit dem Kopf ist, weiß man nicht, weil der in keiner Uniform steckt. Der Rumpf spaziert in den Sälen des Kreml herum und sucht den Kopf, und der Kopf fliegt in der Luft herum und sucht den Rumpf. Und so suchen sie sich von Mitternacht bis zur Morgendämmerung und können sich nicht finden.

ZACHEDRYNSKIJ Sie verfehlen sich.

TSCHELSOW Eben. Wenn der Kopf in irgendeinen Saal fliegt, ist der Rumpf da gerade raus, und wenn der Rumpf reinkommt, ist der Kopf gerade wieder weg. Also rufen sie sich.

ZACHEDRYNSKIJ Wie?

TSCHELSOW Der Kopf ruft ganz normal, denn das ist ja ein Kopf. Aber der Rumpf kann keine normalen Laute aus sich hervorbringen, denn es ist ja ein Rumpf. Einen Kopf hat er nicht, also ist das Oberteil stumm. Der einzige Laut, den er von sich geben kann, ist von unten, das heißt vom … *Er unterbricht sich, dreht sich um und ruft in die Richtung der linken Kulisse* Matrjoschka!

TSCHELSOWA *aus der linken Kulisse, unsichtbar* Was ist?

TSCHELSOW Wie soll ich das anders sagen?

TSCHELSOWA Anders sagst du besser auch nichts!

TSCHELSOW Na, Sie verstehen schon.

ZACHEDRYNSKIJ Armes Rußland!

Pause. Tschelsow schaut gebannt auf die Flinte und läßt sie nicht mehr aus den Augen.

Vielleicht sollte man ihn doch suchen?
TSCHELSOW *zerstreut, starrt auf die Flinte.* Wen?
ZACHEDRYNSKIJ Pjotr Alexejewitsch.

Tschelsow steht auf und geht zur Flinte. Er bleibt vor ihr stehen.

TSCHELSOW Gegen Wölfe hilft sie, aber gegen Werwölfe...

Von links kommen herein: Lily, Wolf und die Tschelsowa. Lily in einem anderen Kleid als vorher. Wolf trägt seinen Stock unter dem Arm, den Mantel hat er über die Schulter geworfen, und er trägt zwei Koffer.
Zachedrynskij steht auf.

TSCHELSOWA *zu Lily* Vielleicht wenigstens ein Hühnchen auf den Weg?
LILY Sie sind sehr lieb, Matrjona Wasilewna, aber ich habe es wirklich eilig.
TSCHELSOWA Aber so, ohne was zu essen...
LILY Ich danke für alles.
TSCHELSOWA Aber nichts zu danken, nichts zu danken. Wir haben uns unterhalten, und das war es.

Die Tschelsowa küßt Lily auf beide Wangen.

ZACHEDRYNSKIJ Sie fahren ab?

LILY *kommt auf ihn zu.* Ja, ich habe ein Engagement erhalten und …

ZACHEDRYNSKIJ Und Sie fahren weg. Wie ich sehe, nicht allein.

LILY Rudolf Rudolfowitsch fährt in dieselbe Richtung.

WOLF Das hat sich so ergeben.

ZACHEDRYNSKIJ Na sicher. Diese … Schienen.

TSCHELSOWA Aber warum hungrig abfahren?

Lily nähert sich Zachedrynskij.

LILY Iwan Nikolajewitsch, darf ich ein Wort unter uns?

Lily und Zachedrynskij gehen in die rechte Ecke auf das Proszenium. Die Tschelsowa setzt sich aufs Sofa, Wolf auf einen Stuhl. Tschelsow steht vor der Flinte, starrt sie gebannt an und beachtet die anderen nicht.

Falls Sie Pjotr Alexejewitsch treffen …

ZACHEDRYNSKIJ Wäre es nicht besser zu warten, mein Kind? Er läuft einmal durch den Garten und kommt zurück.

LILY Er kommt nicht zurück, aber das ist mir auch egal. Ich wollte Ihnen sagen, daß …

Pause.

ZACHEDRYNSKIJ Was?

LILY … daß, wenn Sie was bräuchten …

ZACHEDRYNSKIJ Was zum Beispiel?

LILY Wenn ich Ihnen bei irgendwas nützlich sein könnte...

ZACHEDRYNSKIJ Liebe Liliana Karlowna, warum sich mit so einem alten Mann abgeben wie mit mir. Ich brauche nichts, und wenn ich was bräuchte, dann verdiente ich nichts Gutes.

LILY Aber wenn...

ZACHEDRYNSKIJ Sie sind jung, die Zukunft liegt vor Ihnen. Das Theater, das Publikum, der Ruhm... man darf nicht vom gewählten Weg abweichen.

LILY Iwan Nikolajewitsch, das ist alles nicht wahr.

ZACHEDRYNSKIJ Sie erwartet ein großes Leben.

LILY Ich habe Desdemona gar nicht gespielt.

ZACHEDRYNSKIJ Na und? Dann werden Sie sie spielen. Die ganze Zukunft liegt vor Ihnen.

LILY Ich habe überhaupt nichts gespielt, ich wollte nur spielen.

ZACHEDRYNSKIJ Nichts?

LILY Ein paar armselige Rollen, nicht erwähnenswert. Und immer nur warten, lächeln, so tun, als ob ich eine große Schauspielerin sei. Und das Theater... Sie wissen nicht, was das für ein Leben ist.

ZACHEDRYNSKIJ Ich weiß.

LILY Warten... Auf was warte ich, Iwan Nikolajewitsch?

ZACHEDRYNSKIJ Wir warten alle auf irgendwas.

LILY Aber ich worauf? Pjotr Alexejewitsch ist kein schlechter Mensch, an die Garnison könnte ich mich irgendwie gewöhnen. Er hat gesagt, daß wir Kinder haben werden...

Lily zieht ein Taschentuch heraus und wischt sich die Tränen ab.

ZACHEDRYNSKIJ Na na, das ist doch nicht nötig.
LILY Er hatte recht, ein Tag vergeht nicht, aber Jahre vergehen. Wissen Sie, wie alt ich bin?
WOLF *steht auf.* Liliana Karlowna, wir kommen zu spät zum Zug.

Lily steckt das Taschentuch ein.

LILY Ich komme schon, Rudolf Rudolfowitsch.
ZACHEDRYNSKIJ Und wohin fahren Sie?
LILY Aufs Gut ins Tulsker Gouvernement. Die Gutsherrin Ranjewskaja braucht jemand, der ihr Poesie vorliest.
ZACHEDRYNSKIJ In Tulska? So weit weg?
LILY Da gibt es einen Kirschgarten...
ZACHEDRYNSKIJ Und was werden Sie in diesem Garten machen?
LILY Warten, bis was passiert.
ZACHEDRYNSKIJ Oh, ganz sicher.

Ein Schuß: Tschelsow hat die Flinte von der Wand genommen und unter den Tisch geschossen.

TSCHELSOW Den hat's erwischt.
TSCHELSOWA *zu den Versammelten* Ich bitte die Herrschaften sehr um Entschuldigung. *Zu Tschelsow* Ein Kaufmann und schießt. Du solltest dich schämen.
TSCHELSOW Irgend jemand mußte ja endlich schießen.

TSCHELSOWA Aber warum ausgerechnet du?

TSCHELSOW Weil ich es nicht mehr länger ausgehalten habe.

TSCHELSOWA Leg sie sofort hin, das ist nichts für dich!

TSCHELSOW *hängt die Flinte an die Wand.* Da hängt sie, und kein Mensch weiß, warum.

Von links kommt schnell Wladimir Lenin herein.

LENIN Was? Schon?!

Lenin ist streng, kompakt, energisch, wachsam, gedämpft, intensiv und trotzdem sparsam in seinem Ausdruck und lakonisch. Kurze, schnelle und entschiedene Bewegungen. Jede Karikatur ist ausgeschlossen.

ZACHEDRYNSKIJ Noch nicht, Wladimir Iljitsch. Sie dachten, es sei die »Aurora«, aber da haben Sie sich geirrt. Das mit der »Aurora« wird erst später in Petersburg sein.

LENIN Ah, dann warte ich. *Geht nach links ab.*

TSCHELSOWA *zu Lily* Aber vielleicht Piroggen?

WOLF Liliana Karlowna, es ist Zeit.

LILY *zu Zachedrynskij* Auf Wiedersehen, Iwan Nikolajewitsch.

ZACHEDRYNSKIJ Ich wünsche Ihnen Glück.

Lily verabschiedet sich von allen, mit Ausnahme von Wolf.

TSCHELSOW Kommen Sie zurück, Liliana Karlowna?

LILY Wer weiß...

TSCHELSOW Kommen Sie zurück, wir spielen Domino

TSCHELSOWA Und passen Sie da auf sich auf. Und diese Beeren, erinnern Sie sich, was ich Ihnen von den Beeren erzählt habe?

LILY Ich erinnere mich.

Wolf verbeugt sich nach allen Seiten allgemein und steif. Er nimmt seinen Mantel, den Stock und die Koffer und folgt Lily nach rechts. Als er an der Anrichte und damit an der Schale mit den Apfelsinen vorbeikommt, bleibt er stehen, stellt die Koffer auf den Boden und stopft sich die Taschen mit Apfelsinen voll.

Rudolf Rudolfowitsch, wir kommen zu spät zum Zug.

Wolf hebt die Koffer hoch und folgt Lily nach rechts.

TSCHELSOWA Die Beeren! Vergessen Sie die nie!

LILY *hinter der Bühne* Vergesse ich nicht!

Pause.

TSCHELSOW Was für Beeren?

TSCHELSOWA Sie weiß schon, welche.

Pause.

TSCHELSOW Sie sind weg.

TSCHELSOWA Wir fahren alle weg.

ZACHEDRYNSKIJ *zu Tschelsow* Sie haben was von Domino gesagt?

TSCHELSOW Naja, das sagt man so.

ZACHEDRYNSKIJ Vielleicht spielen wir eine Partie vor dem Abendbrot?

TSCHELSOW Mit Ihnen?

ZACHEDRYNSKIJ Mit wem wollten Sie denn?

Tschelsow holt eine Lederschachtel hervor, ein komplettes Reisedominospiel. Er schiebt die Gläser und Teller beiseite und schüttet die Steine auf dem Tisch aus.

TSCHELSOWA Du fährst nicht?

TSCHELSOW Ich wüßte nicht wohin.

Tschelsow und Zachedrynskij setzen sich an den Tisch, um Domino zu spielen. Frau Tschelsowa setzt sich auf das Sofa, nimmt eine Handarbeit aus der Tasche und strickt. Pause. Tschelsow und Zachedrynskij spielen Domino.

Aber was machen Sie denn?

ZACHEDRYNSKIJ Wie, nein?

TSCHELSOW Aber die Augen stimmen doch nicht!

TSCHELSOWA Aljoscha, Herr Zachedrynskij weiß, was er macht.

ZACHEDRYNSKIJ Dann vielleicht so. *Er nimmt seinen Stein zurück und setzt einen anderen.*

Das Dominospiel dauert an. Tschelsow summt konzentriert was vor sich hin, er improvisiert. Von draußen hört man erst leise, dann immer deutlicher Pferdegetrappel auf dem Pflaster. Zachedrynskij unterbricht sein Spiel und lauscht. Pause.

TSCHELSOW Worauf warten Sie?

Das Pferdegeräusch wird immer lauter. Zachedrynskij steht vom Tisch auf und geht auf den Balkon.

Vorwurfsvoll Iwan Nikolajewitsch, das Domino!

Das Pferdegeräusch immer leiser, es entfernt sich. Zachedrynskij kommt vom Balkon zurück.

Na und was haben Sie gesehen?

ZACHEDRYNSKIJ *setzt sich zum Spielen.* Eine Droschke.

TSCHELSOW Na, das ist ja was Wunderbares.

ZACHEDRYNSKIJ Die Schwestern Prosorow in der Droschke. Sie kommen vom Bahnhof zurück.

TSCHELSOW Dann sind sie nicht nach Moskau gefahren?

ZACHEDRYNSKIJ Offensichtlich nicht.

TSCHELSOWA Na auch gut, warum sollten sie auch irgendwohin fahren?

TSCHELSOW Sie sind am Zug.

Von links kommt Anastasja Petrowna.

ANASTASJA Ein Telegramm für Herrn Tschelsow.

TSCHELSOW Zum Teufel …

Tschelsow steht auf und nimmt das Telegramm. Er öffnet es und liest.

Als er das Telegramm gelesen hat Matrjoschka, ich fahre!

TSCHELSOWA Mein Gott, wohin denn wieder...

TSCHELSOW In das Tulsker Gouvernement. Sie verkaufen ihn.

TSCHELSOWA Wer verkauft, was verkaufen sie...

TSCHELSOW Den Kirschgarten.

TSCHELSOWA *argwöhnisch* Sie verkaufen ihn wirklich?

ZACHEDRYNSKIJ *liest das Telegramm vor* »Ranjewskaja verläßt das Gut und zieht in die Stadt um. Sie verkauft den Kirschgarten. Komm sofort her.« Unterschrift: Jermolaj Alexejewitsch Lopachin.

TSCHELSOWA Und wer ist der Lopachin?

TSCHELSOW Jermolka Lopachin, mein Geschäftspartner.

ZACHEDRYNSKIJ Und wozu brauchen Sie den Garten?

TSCHELSOW Wieso wozu, ich holze ihn ab und verkaufe ihn wieder. Ein erstklassiges Geschäft.

ZACHEDRYNSKIJ Und ohne Abholzen geht es nicht?

TSCHELSOW Sie reden wie ein Kind. Matrjoschka, pack den Koffer.

TSCHELSOWA *geht nach links ab.* O mein Gott...

Zachedrynskij steht auf.

TSCHELSOW Nun, Iwan Nikolajewitsch, vielleicht sehen wir uns noch mal.

Sie umarmen sich drei Mal und klopfen sich gegenseitig auf die Schultern.

ZACHEDRYNSKIJ Wenn Sie irgendwann mal Lust hätten …

TSCHELSOW Dann komme ich damit ganz sicher nicht zu Ihnen. Sie haben kein Talent für Geschäfte.

ZACHEDRYNSKIJ Nicht zum Verkaufen, zum Reden.

TSCHELSOW Ach, das ist was anderes. Mit Ihnen würde ich immer reden, Sie verstehen den Menschen.

Tschelsow geht nach links.

ZACHEDRYNSKIJ Und wozu habe ich Talent?

Tschelsow bleibt stehen, dreht sich um und hebt die Hände zum Zeichen des Nichtwissens. Er dreht sich um und will nach links gehen, als Frau Tschelsowa in Mantel und Hut kommt. Sie trägt einen großen Reisesack sowie Tschelsows Mantel und seine Schirmmütze.

TSCHELSOWA Wir fahren ab.

TSCHELSOW Wir?

TSCHELSOWA Ich fahre mit dir mit. Es reicht.

TSCHELSOW Aber … Aber zu zweit passen wir doch nicht in den Zug!

TSCHELSOWA Du könntest dir auch etwas weniger Dummes ausdenken.

Die Tschelsowa stellt den Reisesack auf den Boden und

hilft ihm, den Mantel anzuziehen. Tschelsow zieht gehorsam den Mantel an. Die Tschelsowa setzt ihm die Schirmmütze auf.

Iwan Nikolajewitsch, erkälten Sie sich nicht und essen Sie viel Obst.

ZACHEDRYNSKIJ Ich werde mich bemühen, Matrjona Wasilewna.

Die Tschelsowa streckt ihm die Hand hin.

Madame …

TSCHELSOWA Na, Aljoscha.

Die Tschelsowa geht nach rechts. Tschelsow hebt den Reisesack auf und folgt ihr. Sie gehen rechts ab.
Zachedrynskij kehrt an den Tisch zurück, zerstört die Ordnung der Dominosteine, mischt die Steine, setzt sich hin und beginnt von vorne. Er spielt mit sich allein Domino.
Von links kommt Wladimir Lenin herein.
Zachedrynskij hebt den Kopf, aber kehrt sofort wieder zu seinem Dominospiel zurück. Lenin setzt sich Zachedrynskij gegenüber. Er stützt die Ellbogen auf den Tisch und sieht ihn intensiv an.
Pause. Zachedrynskij, mit dem Dominospiel beschäftigt, beachtet Lenin nicht.
Lenin zieht das Konfitürenglas vom Tisch und nimmt sich einen Löffel. Er dreht sich mit dem Stuhl so um, daß er jetzt frontal zum Publikum sitzt und mit dem linken

Profil Zachedrynskij zugewandt. Er setzt sich bequem hin, schlägt die Beine übereinander und ißt Konfitüre aus dem Glas.
Zachedrynskij sieht hoch und guckt Lenin von der Seite an.
Nach einem Augenblick hört Lenin auf, Konfitüre zu essen und wendet den Kopf Zachedrynskij zu. Einen Augenblick lang sehen sich die beiden in die Augen.

LENIN *auf russisch* A ja wsjo snaju. (Aber ich weiß alles.)

Einen weiteren Augenblick sehen sie sich wieder in die Augen.
Lenin wendet den Kopf ab und ißt weiter Konfitüre, frontal zum Publikum.
Zachedrynskij senkt nicht wieder den Kopf und hört nicht auf, den Konfitüre essenden Lenin von der Seite zu betrachten.

Vorhang.
Ende des ersten Aktes.

Personen

In der Reihenfolge, wie sie im 2. Akt auftreten:

Iwan Nikolajewitsch Zachedrynskij
Tatjana Jakowlewna Borodin
Alexander Iwanowitsch Tschelsow
Ilja Subatyj, ein proletarischer Dichter, 22 Jahre alt
Rudolf Rudolfowitsch Wolf
Lily Karlowna Swetlow
Matrjona Wasilewna Tschelsowa
Ein Franzose
Pjotr Alexejewitsch Sejkin

Zweiter Akt

Architektur und Einrichtung der Bühne

Die Architektur der Bühne ist dieselbe wie im 1. Akt. Aber die Wände haben ihre Farbe geändert, sie sind schmutzig gelb. Die Plüschvorhänge und das Gardinenbrett, die den Balkonausgang im 1. Akt einrahmten, sind verschwunden. Sie sind durch einen gewöhnlichen leichten, zweiteiligen Vorhang ersetzt, der augenblicklich offen ist.

Die Sicht auf den Balkon und weiter bis zum Horizont ist dieselbe wie im 1. Akt.

Links an der Parallelwand zum Proszenium, d. h. an der Wand 1, wo im 1. Akt der stilvolle »Sekretär« stand, steht jetzt ein funktionaler Tisch für eine Stenotypistin, eine Schreibmaschine, ein Modell aus den ersten fünfundzwanzig Jahren des zwanzigsten Jahrhunderts. Ein Haufen schon beschriebener Papiere und leere Bögen. Alles ist sehr sorgfältig hingelegt, was von dem pedantischen Gemüt der Stenotypistin zeugt.

Ein Blatt Papier mit Durchschlag ist in die Maschine gespannt, teilweise schon beschrieben. Vor dem Tisch steht ein Schreibtischhocker.

In der Mitte der Bühne, aber nicht ganz zentral, um den Ausgang auf den Balkon nicht zu verdecken, ein wenig links von der Mitte, ein Schreibtisch, parallel zum Prosze-

nium. Es ist das allerdings kein typischer Schreibtisch, kein moderner, das heißt keine Tischplatte mit zwei Schubladenseiten, sondern ein altmodischer, auf vier Beinen aus dunklem edlem Holz, teilweise mit grünem Stoff überzogen. (Kein Biedermeier, sondern aus einer früheren und leichteren Epoche.)

Im Gegensatz zu dem Tisch der Stenotypistin, auf dem pedantische Ordnung herrscht, ist auf dem Schreibtisch Chaos und Unordnung. Aufeinandergehäufte Stöße verschiedener Papiere, Akten, Dokumente etc., vermischt und unordentlich. Ein Tintenfaß und eine Feder in einem entsprechenden, ebenfalls stilgerechten Kasten. Eine Wasserkaraffe und ein Glas. In der Karaffe ist kein Wasser.

Links vom Schreibtisch ein Stuhl für einen Beamten, der »Stuhl hinter dem Schreibtisch« genannt wird. Rechts ein Stuhl für die Bittsteller, der »Stuhl vor dem Schreibtisch« genannt wird. Beide Stühle sind gepolstert und entsprechen dem Stil des Schreibtischs.

Rechts unter der schrägen Wand, d. h. der Wand 4, ein billiges Sofa, ein »modernes«, mit Wachstuch bespannt. Die Federn und Roßhaare stehen heraus. Nah bei der Wand auf der rechten, parallel zum Proszenium verlaufenden Seite, also nah an der Wand 5, unweit des Ein-/Ausgangs nach rechts und nah am Proszenium – ein rechteckiger Tisch, der nach vorn gestellt ist, d. h. man sieht ihn von einer der längeren Seiten. Er hat eine Schublade, die aber von der gegenüberliegenden Seite aus zu öffnen ist, also für das Publikum unsichtbar bleibt. Auf dem Tisch ein großes Abrechnungsbuch in einem schwarzen Einband, ein kleiner, abgebissener Bleistift an einem dicken Kett-

chen, fast einer Kette, die völlig unproportional zu der Größe des Bleistifts ist. Ein Block mit Eintrittskarten, zwei Blöcke mit Quittungsformularen, ein Amtsstempel, ein Glas mit nicht ausgetrunkenem Tee, im Glas ein Teelöffel.

An der Wand des Korridors, direkt vor dem rechten Rahmen der Bühne, direkt beim Ein-/Ausgang in die rechte Kulisse, eine amtliche Tafel mit russischer Aufschrift, aber in lateinischem Alphabet: »Nje Kurit.« (Nicht rauchen.)

Tag. Dasselbe Wetter wie im 1. Akt.

Der Vorhang geht hoch.

Beim Ausgang auf den Balkon steht Zachedrynskij, der sich mit ausgestrecktem Arm auf das linke Geländer stützt, und sieht nach rechts durch die Balustrade quer durch den Garten nach unten, also in den Garten, der für das Publikum unsichtbar ist.
Zachedrynskij ist genauso alt wie im 1. Akt, also etwa 50 Jahre. Derselbe ergraute Backenbart wie im 1. Akt. Er hat einen Frotteebademantel an, der bis zur Hälfte der nackten Waden geht, in einem intensiven Rot mit zwei großen, vorn aufgenähten Taschen und in der Taille gebunden. An den Füßen geschlossene Pantoffeln (besser noch: Strandsandalen, aber die Schuhe dürfen auf keinen Fall die Bewegungsmöglichkeit des Schauspielers einschränken oder ihm eine bestimmte Bewegungsart aufdrängen).
Am Tisch mit der Schreibmaschine sitzt Tatjana Jakow-

lewna Borodin. Tatjana ist genauso alt wie im 1. Akt, d. h. ungefähr 28 Jahre. Sie hat eine russische Militärbluse von postrevolutionärem Typ an, tabakfarben, mit einem aufgestellten Kragen, in der Taille mit einem Militärgürtel zusammengehalten. Ein blauer Navy-Blue-Rock und Militärschuhe mit Absätzen. Die Haare kurz geschnitten à la Garçonne, mit einer »proletarischen«, spartanischen Nuance.
Tatjana schreibt schnell auf der Schreibmaschine. Sie hört auf zu schreiben und sieht sich erwartungsvoll nach Zachedrynskij um.

Pause.

ZACHEDRYNSKIJ Es ist langweilig, Tatjana Jakowlewna.

Pause.

Nicht im allgemeinen, natürlich. Im allgemeinen ist das Leben besser und fröhlicher geworden. Aber im besonderen ...

Pause.

Oh, da kommt zum Beispiel Ilja Subatyj.

Tatjana steht auf, geht in die Richtung des Balkons, bleibt einen Moment stehen, als würde sie ihre Absicht ändern und kehrt, unbemerkt von Zachedrynskij, an den Schreibtisch zurück. Sie setzt sich.

Das ist natürlich verständlich, daß er kommt. Er hat die »Komsomolskaja Prawda« gekauft und kommt jetzt zurück, wie sollte er nicht zurückkommen? Und daß er vom Tor die Allee lang geht, ist auch verständlich, wie sollte er anders, als durch das Tor kommen. Und die Allee lang, klar. Er ist schließlich ein gebildeter Mensch und wird doch nicht den Rasen zertreten. Was für eine Langeweile.

Pause.

Was passiert weiter? Wissen Sie, was weiter passieren wird, Genossin Tatjana?

TATJANA Nein.

ZACHEDRYNSKIJ Aber ich weiß es. Auf der Allee stößt er auf ein Blumenbeet. Jetzt ist es mit dem Determinismus vorbei, und eine Alternative taucht auf. Unser proletarischer Dichter wird zwei Möglichkeiten haben. Das Beet entweder von links oder von rechts zu umgehen. Welche Seite wird er wählen? Das Rätsel der Zukunft, ein Augenblick der Überraschung. Spüren Sie nicht die wonnevolle Aufregung, die uns die Unsicherheit gewährt?

Tatjana ordnet sorgfältig und ohne Notwendigkeit die Papiere auf dem Schreibtisch von einem Haufen auf den anderen.

Pause.

Zachedrynskij wendet sich vom Geländer ab und Tatjana zu.

Pause.

Nein?

Pause.

Sie haben recht, daß Sie nichts empfinden. Ilja Subatyj wird links um das Beet herumgehen. Ich beobachte ihn seit zwei Wochen, und es ist noch nie passiert, daß er rechtsrum gegangen wäre. Wetten Sie mit mir, daß er linksrum geht?

Pause.

Ach, das ist doch nichts Großes. Das heißt nichts Großes für Sie. Wir wetten nur darum, daß Sie, wenn Sie die Wette verlieren, heute abend neben mir beim Abendbrot sitzen werden. Neben mir, und nicht neben Subatyj.

Pause.

Ich will Ihnen helfen, Tatjana. Ein kleines bißchen Glücksspiel in unserem ordentlichen und schöpferischen, doch etwas monotonen Leben. Der Sieg des Proletariats unterliegt gar keinem Zweifel, aber steht uns nicht wenigstens ein bißchen Risiko zu? Um so mehr, da heute Donnerstag ist und donnerstags gibt es zum Abendbrot immer Fisch mit Meerrettich. *Er wendet sich schnell zum Garten und sieht wieder hinunter.*

Oh, bei der Mutter des Teufels! Excusez le mot, Tatjana, es ist zu spät. Ich habe mich mit Ihnen verplaudert, und inzwischen ist er schon an dem Beet vorbei, und ich habe gar nicht bemerkt, von welcher Seite. Ich will Sie nicht betrügen und sage nicht, daß er linksrum gegangen ist. Obwohl er das sicher getan hat... Ich bin ein Ehrenmann, obwohl Sie das wundern mag. *Er sieht immer noch in den Garten.* Er kommt schon zum »Rotgardisten«.

Pause.

Nun, er ist drin.

Er verläßt den Balkon und kommt auf die Bühne.

Das werden wir nun nie erfahren, Tatjana, das ist für immer verloren. Ob Ilja Subatyj, der proletarische Dichter, der im Erholungsheim »Rotgardist« auf der Krim weilt, am neunundzwanzigsten Juli neunzehnhundertachtundzwanzig links oder rechts um das Beet herumgegangen ist, bleibt für alle Ewigkeit ein Geheimnis.

Von links kommt Tschelsow, jetzt ohne Bart. In Schirmmütze, Schaftstiefeln und einer langen, bis zu den Knöcheln reichenden, schmutzigen Schürze. Er trägt einen Blechbehälter voller Dreck und Küchenabfällen vor sich her, den er mit beiden Händen an den Bauch drückt. Tschelsow ist genauso alt wie im 1. Akt, also etwa 45 Jahre.

Genosse Tschelsow, was gibt es heute zum Abendbrot?

TSCHELSOW Fisch mit Meerrettich.

Tschelsow geht nach rechts ab.

ZACHEDRYNSKIJ Und Sie hätten nicht die Güte, durch die Küchentür zu gehen?

TSCHELSOW Güte gab es unter dem Zaren, jetzt geht es auf unsere Art.

ZACHEDRYNSKIJ Richtig, hatte ich vergessen.

Tschelsow geht nach rechts ab.

Wo waren wir stehengeblieben, Genossin Borodin?

TATJANA *liest die letzte Zeile auf dem in die Maschine gespannten Bogen vor* ... Mit proletarischem Gruß, der Stellvertreter des Vorsitzenden für die Angelegenheiten von Theater, Presse und Verlagen beim Rat der Volkskommissare Iwan Nikolajewitsch Zachedrynskij.

ZACHEDRYNSKIJ Aber das Ganze, wie ist das Ganze?

TATJANA *liest den ganzen Text des Bogens* An Maxim Gorki, Capri. Lieber Genosse Gorki! Euer Theaterstück mit dem Titel »Nachtasyl« (In der Tiefe) bedarf der Diskussion. Zwar stellt der Inhalt des Werks sehr richtig das Elend des Volks im kapitalistischen System dar, aber der Titel des Werks weckt Vorbehalte, weil er als Anspielung auf unsere gegenwärtige Wirklichkeit aufgefaßt werden kann. Wir schlagen deshalb eine Titeländerung vor. Dies ist die Liste der zulässigen Titel. »Nicht oben«, »Unterhalb des Gipfels«, »Am Fuße des

Berges«, »Vorerst ganz unten«. Weil jeder der oben erwähnten Titel suggeriert, daß wir irgendwie nicht ganz oben sind, schlagen wir den Titel »In der Höhe« »Obenauf« vor. Unterschrift...

ZACHEDRYNSKIJ *ungläubig* Ich habe das diktiert?

TATJANA Sie persönlich.

ZACHEDRYNSKIJ In dem Fall muß man unterschreiben.

Zachedrynskij setzt sich hinter den »Schreibtisch«. Tatjana dreht den Bogen aus der Maschine und bringt ihn Zachedrynskij zur Unterschrift. Sie legt das Blatt Papier vor ihn auf den Schreibtisch. Zachedrynskij taucht die Feder in das Tintenfaß, hält die Feder über dem Blatt Papier, um zu unterschreiben. Er zögert, legt die Feder hin.

Wissen Sie was, Genossin Borodin? Ich habe eine Idee.

Tatjana reagiert nicht.

Wieso den Brief abschicken. Statt ihn abzuschicken, fahre ich persönlich nach Capri. Dienstlich, wohl verstanden. Die Sache ist delikat, besser ich bespreche das mit Maxim unter vier Augen: Fahren Sie mit mir?

Tatjana reagiert nicht.

Ich verstehe, daß Sie nicht gern in ein kapitalistisches Land fahren wollen. Sie ekeln sich. Ich ekle mich auch. Aber das ist Ihre Pflicht, ich kann nicht ohne Sekretärin fahren. Gemeinsam im Kampf, gemeinsam in der Aufopferung für das Vaterland des Proletariats, das ist unser Motto, und Capri, das ist das Nest der kapitalistischen Schlange. Wir werden uns gemeinsam ekeln. Was sagen Sie dazu?

Tatjana reagiert nicht.
Zachedrynskij wendet sich an Tatjana von Angesicht zu Angesicht, wie jemand, der beschlossen hat, das entscheidende Gespräch zu führen.

Genossin Borodin, wenn Sie schon mit mir schlafen, weshalb können Sie mich dann nicht lieben?

TATJANA Ist das eine dienstliche Frage, Genosse Vorsitzender?

ZACHEDRYNSKIJ Dienstlicher geht es gar nicht.

TATJANA Weil das nicht zu meinen Pflichten gehört.

ZACHEDRYNSKIJ Und wieso schlafen Sie mit mir?

Pause.

Schließlich nicht für die Karriere. Dafür sind Sie ideologisch zu einwandfrei.

TATJANA Ich befriedige meine Bedürfnisse.

ZACHEDRYNSKIJ Das heißt, Sie könnten auch mit jemand anderem?

TATJANA Ich kann auch mit jemand anderem.

ZACHEDRYNSKIJ Aber was ist mit der Liebe?

TATJANA Liebe ist ein Vorurteil.

ZACHEDRYNSKIJ Ein bourgeoises, natürlich. Sie lieben die Partei.

TATJANA Haben Sie was dagegen, Genosse Vorsitzender?
ZACHEDRYNSKIJ Nein, woher denn! Ich liebe sie ja auch. Aber Sie lieben nur die Partei?
TATJANA Sie sind doch wohl nicht eifersüchtig, Genosse Vorsitzender?
ZACHEDRYNSKIJ Auf die Partei? Nein.
TATJANA Worum geht es Ihnen also?

Von rechts kommt Ilja Subatyj herein, 22 Jahre alt, athletisch gebaut. Ein »Gymnastikhemd«, weite weiße Hosen mit Bügelfalte, wilde blonde Locken über der Stirn. In der Hand hält er die Zeitung »Komsomolskaja Prawda«.

SUBATYJ Sie haben es nicht genommen!

Tatjana geht ihm entgegen. Der geht, ohne sie zu beachten, an ihr vorbei direkt auf Zachedrynskij zu. Tatjana bleibt stehen.

ZACHEDRYNSKIJ Was haben sie nicht genommen, Genosse Subatyj ...
SUBATYJ Das Gedicht! Mein Gedicht!

Tatjana kehrt an den Schreibtisch der Stenotypistin zurück.

ZACHEDRYNSKIJ Was sagen Sie, Genosse Subatyj? Ihr Gedicht haben die nicht genommen? Das ist unmöglich. Was für ein Gedicht, sagen Sie?
SUBATYJ »Morgen«.

ZACHEDRYNSKIJ Wie Sie wollen, aber morgen könnte ich verhindert sein.

SUBATYJ Das ist der Titel des Gedichts, sie haben es nicht genommen.

ZACHEDRYNSKIJ »Sie haben es nicht genommen«, das ist ein guter Titel.

SUBATYJ »Sie haben es nicht genommen« ist nicht der Titel des Gedichts, sondern sie haben es nicht abgedruckt. Das Gedicht heißt: »Morgen«.

ZACHEDRYNSKIJ Auch schön. Und worum geht es in dem Gedicht, erinnern Sie mich noch einmal.

SUBATYJ *deklamiert*

Soll rauchen doch der Fudschijama
Japanische Kirschen wir nicht brauchen
Für Eisenöfen, die Uraler Lava
Sollen heut erklingen unser Bravo
denn nie von rechts, von links sie rauchen.

ZACHEDRYNSKIJ Ach das. Klar, daß sie das nicht genommen haben. Ich habe es nicht erlaubt.

SUBATYJ Aber das ist doch über Magnitogorsk!

ZACHEDRYNSKIJ Zu früh! Der Bau von Magnitogorsk beginnt erst in einem Jahr.

SUBATYJ Das kann nicht sein!

ZACHEDRYNSKIJ Sie können das in der Enzyklopädie überprüfen.

SUBATYJ Ist das ein Pech!

ZACHEDRYNSKIJ Und außerdem raucht der Fudschijama nicht. Das letzte Mal hat er siebzehnhundertsieben geraucht. Augenblicklich ist das ein weiterhin japanischer Vulkan, aber ein erloschener.

SUBATYJ Erlauben Sie, Genosse Vorsitzender, daß ich mir das aufschreibe. *Er holt aus der hinteren Hosentasche ein kleines, schwarzes Notizbuch und einen Bleistift heraus und schreibt.*

ZACHEDRYNSKIJ Ideologisch sind Sie in Ordnung, Genosse Subatyj, aber Sie müssen sich in die Geschichte und Geografie einarbeiten. Gehen Sie zu den Abendkursen?

SUBATYJ *steckt das Notizbuch weg.* Nein.

ZACHEDRYNSKIJ Und warum nicht?

SUBATYJ Weil ich schreibe.

ZACHEDRYNSKIJ Und morgens können Sie nicht schreiben?

SUBATYJ Morgens schreibe ich auch.

ZACHEDRYNSKIJ Und wann lesen Sie?

SUBATYJ Ich lese nicht, Genosse Vorsitzender, ich schreibe immer.

ZACHEDRYNSKIJ Man lobt das, Sie sind die Avantgarde, was?

SUBATYJ So ist es, Genosse Vorsitzender.

ZACHEDRYNSKIJ Das heißt ein Futurist?

SUBATYJ So ist es, Genosse Vorsitzender.

ZACHEDRYNSKIJ Ich verstehe, weshalb Sie nicht lesen können. Man kann ja nur das lesen, was geschrieben worden ist, aber alles, was geschrieben wurde, ist in der Vergangenheit geschrieben worden. Und sei es auch nur vor fünf Minuten, aber in der Vergangenheit. Also könnt Ihr Futuristen das nicht lesen. Stimmt es?

SUBATYJ So ist es genau, Genosse Vorsitzender. Mit Verlaub, Genosse Vorsitzender, gehen Sie baden?

ZACHEDRYNSKIJ Ja... Aber wieso?

SUBATYJ Denn wenn Sie an den Strand gehen würden, Genosse Vorsitzender, dann würde ich gern mit Ihnen kommen, Genosse Vorsitzender.

ZACHEDRYNSKIJ Und wieso mit mir?

SUBATYJ Zum Diskutieren. Ich möchte gern, daß Sie meine neuen Gedichte beurteilen, Genosse Vorsitzender.

ZACHEDRYNSKIJ Nicht nötig, sie sind sicher sehr gut.

SUBATYJ Na, dann zur Gesellschaft.

ZACHEDRYNSKIJ *sieht zum Himmel.* Es bewölkt sich irgendwie...

SUBATYJ Überhaupt nicht, Genosse Vorsitzender, überhaupt nicht. Das Wetter ist wie reines Gold.

ZACHEDRYNSKIJ Dann vielleicht später... Jetzt habe ich viel zu tun.

SUBATYJ Dann warte ich. *Setzt sich auf den Stuhl »vor dem Schreibtisch«.*

ZACHEDRYNSKIJ Oder erst morgen. Heute schaffe ich das nicht, und Sie als Futurist ziehen vielleicht sogar morgen vor...

SUBATYJ Macht nichts. Ich warte weiter.

ZACHEDRYNSKIJ Aber vielleicht nicht hier. Ich arbeite hier mit der Genossin Sekretärin.

Subatyj steht auf.

SUBATYJ Sie rufen mich, Genosse Vorsitzender, wenn Sie gehen.

ZACHEDRYNSKIJ Ganz sicher. Inzwischen schreiben Sie mal was.

Subatyj geht nach links.

Ufff...

Tatjana steht auf. Aus der strengen Reserve und Distanz Zachedrynskij gegenüber begibt sie sich nun in seine Nähe, sogar in seine physische Nähe. Sie geht nah an ihn ran, schiebt ein paar Papierhaufen und Akten auf dem Schreibtisch weg und setzt sich auf den Schreibtisch vor Zachedrynskij.

TATJANA Du hast unrecht, wenn du ihn so behandelst. Das ist ein sehr begabter Junge.
ZACHEDRYNSKIJ Ja sage ich denn, daß er das nicht ist?
TATJANA Ein echtes Talent, ihm fehlt nur der Schliff.
ZACHEDRYNSKIJ Damit bin ich einverstanden.
TATJANA Es ist nicht seine Schuld, daß er im Kapitalismus unterdrückt war.
ZACHEDRYNSKIJ Das ist lange vorbei.
TATJANA Er ist noch jung, er ist erst zwanzig.
ZACHEDRYNSKIJ Zweiundzwanzig.
TATJANA Er könnte dein Sohn sein.
ZACHEDRYNSKIJ *entsetzt* Was?! Sieht er mir ähnlich?!
TATJANA Du solltest dich mit ihm beschäftigen.
ZACHEDRYNSKIJ Ich mag keine blonden Männer.
TATJANA Er ist so schüchtern, er braucht Fürsorge.
ZACHEDRYNSKIJ Das Herz einer Mutter. *Er umarmt sie. Tatjana interessiert sich zärtlich für sein Ohr.*

Pause.

TATJANA Was machst du heute abend?

ZACHEDRYNSKIJ Ich esse Fisch mit Meerrettich.

TATJANA Den könnten wir doch gemeinsam essen.

ZACHEDRYNSKIJ Ohne Subatyj?

TATJANA Und dann spazierengehen.

ZACHEDRYNSKIJ *begeistert* Und jetzt gleich können wir nicht?

Von rechts hört man ein Getöse. Zachedrynskij nimmt schnell seine Hand von Tatjana, die springt vom Tisch und entfernt sich von Zachedrynskij.
Von rechts kommt Tschelsow und schleift den leeren Müllbehälter auf dem Boden nach sich.

Genosse Tschelsow, warum kommen Sie herein, ohne anzuklopfen?

TSCHELSOW *geht nach rechts zurück, schleift den Behälter hinter sich her.* Ich klopfe gleich.

Zachedrynskij springt vom Stuhl auf.

ZACHEDRYNSKIJ *zeigt nach links.* Gehen Sie hier durch!

Tschelsow geht nach links und defiliert vor Zachedrynskij, schleift den Behälter auf dem Boden nach.

Und daß mir das das letzte Mal war!

TSCHELSOW In Ordnung, in Ordnung ... *Geht nach links ab, den Behälter hinter sich herschleifend.*

TATJANA Ich habe es mir überlegt. Ich fahre.

ZACHEDRYNSKIJ Wohin?
TATJANA Nach Capri. Mit dir.

Zachedrynskij nähert sich Tatjana, die ihm entgegenkommt. Er umarmt Tatjana.

ZACHEDRYNSKIJ *mit solcher Freude, daß er sich fast nur flüsternd ausdrücken kann, wie nach einer großen Erschöpfung.* Endlich ... *Er legt den Kopf an ihre Schulter.*

Pause.

Er hebt den Kopf in einer Energieanwandlung. Ich schreibe gleich an Tschapajew. Oder nein, ich rufe an!

Tatjana legt den Kopf an seine Schulter.

TATJANA Und wenn wir Subatyj mitnähmen ...
ZACHEDRYNSKIJ Was bitte?
TATJANA Subatyj könnte doch mit uns fahren. Eine Begegnung mit Gorki würde ihm guttun, du hast selber gesagt, er braucht Schliff, Tschapajew ist sicher einverstanden, er unterstützt junge Leute.

Zachedrynskij läßt Tatjana los und geht einen Schritt zurück.

ZACHEDRYNSKIJ Genossin Borodin, sind Sie sich bewußt ...
TATJANA Gorki interessiert sich für junge Leute.

ZACHEDRYNSKIJ Hältst du mich für einen Idioten?

Pause.

TATJANA Nein?
ZACHEDRYNSKIJ Nein!

Pause.

TATJANA Weißt du was? Dann fahre ich wohl nicht.

Von links kommt Rudolf Rudolfowitsch Wolf. Er ist achtzehn Jahre älter als im 1. Akt, ist also etwa 48. Wolf hat eine Bluse à la Stalin an, zahlreiche Medaillen auf der Brust. Schaftstiefel, pomadisierte Haare mit einem Mittelscheitel.

WOLF Iwan Nikolajewitsch, war hier nicht… *Er sieht Tatjana.* Ah, Tatjana Jakowlewna, wie ist die Gesundheit?

Tatjana geht nach links ab, ohne auf Wolfs Begrüßung zu antworten.

ZACHEDRYNSKIJ *läuft ihr nach.* Warte!… Genossin Borodin, warten Sie doch!

Tatjana geht links ab.

WOLF *sieht Tatjana nach.* Was ist los mit ihr?

ZACHEDRYNSKIJ *kommt nach rechts zurück.* Sie ist überarbeitet.

WOLF War meine Frau nicht hier?

ZACHEDRYNSKIJ *setzt sich »hinter den Schreibtisch«.* Habe ich nicht bemerkt.

WOLF Wer weiß, wo sie sich wieder rumtreibt.

ZACHEDRYNSKIJ Sicher ist sie im Garten, lernt eine Rolle.

Wolf geht nach rechts, kehrt aber vor dem Ausgang um.

WOLF Genau darüber wollte ich mit Ihnen reden. Störe ich auch nicht?

ZACHEDRYNSKIJ *lügt und ist deshalb besonders höflich* Aber nein, nein!

WOLF Ganz sicher nicht?

ZACHEDRYNSKIJ Aber woher denn!

WOLF Weil ich Sie nicht gern stören möchte.

ZACHEDRYNSKIJ Ganz recht.

WOLF Aber ich will ja nur einen Augenblick. *Setzt sich auf den Stuhl »vor dem Schreibtisch«.* Sehen Sie, ich hätte gern in einer privaten Angelegenheit mit Ihnen gesprochen. *Er steht vom Stuhl auf.* Es sei denn, ich störe...

ZACHEDRYNSKIJ Aber setzen Sie sich doch!

WOLF *setzt sich.* Nur fünf Minuten.

ZACHEDRYNSKIJ Solange Sie wollen.

WOLF Das ist wichtig für mich. Nur ich wollte nicht... *Er erhebt sich vom Stuhl.*

ZACHEDRYNSKIJ *verliert die Beherrschung* Werden Sie sitzen bleiben oder nicht!

WOLF *setzt sich.* Es geht um Liliana.

ZACHEDRYNSKIJ Wie fühlt sie sich?

WOLF Es geht nicht darum, wie sie sich fühlt, sondern wie ich mich fühle.

ZACHEDRYNSKIJ Gut, hoffe ich...

WOLF Gut? Sie verspotten mich.

ZACHEDRYNSKIJ Haben Sie eine Grippe?

WOLF Wenn schon! Eine Grippe hat man heute, und morgen ist sie vorbei, aber das... Iwan Nikolajewitsch, das geht schon achtzehn Jahre!

ZACHEDRYNSKIJ Und kurz gesagt?

WOLF Es geht nicht kurz, wenn das möglich wäre... das hat neunzehnhundertzehn begonnen.

ZACHEDRYNSKIJ Na, vielleicht wenigstens nicht von Anfang an?

WOLF Von dem ersten Tag an, Iwan Nikolajewitsch, von Anfang an! Auf das Gut der Ranjewskaja sind wir nicht gekommen, wir sind schon in Kursk ausgestiegen. Na, und dann hat es begonnen.

ZACHEDRYNSKIJ Ein Hotel?

WOLF Zuerst ein Hotel, und dann gleich in die Kirche. Ich weiß selber nicht, wie das gekommen ist. Aber das Hotel und die Kirche waren noch nicht das schlimmste, besonders nicht das Hotel. Das schlimmste war, daß es in diesem Kursk ein Theater gab.

ZACHEDRYNSKIJ Daran ist doch nichts Schlimmes.

WOLF Das denken Sie. Und in diesem Theater haben sie sie sofort genommen.

ZACHEDRYNSKIJ Da hatte sie Glück.

WOLF Aber ich nicht. Iwan Nikolajewitsch, waren Sie je mit einer Schauspielerin verheiratet?

ZACHEDRYNSKIJ Verheiratet nicht.

WOLF Dann wissen Sie nichts vom Leben. Und so geht das nun schon immer, ob Sie es glauben oder nicht, sogar im Krieg...

Von links kommt Tschelsow mit einem Besen, einem Lappen und einem Eimer. Wolf unterbricht sich und sieht Tschelsow an. Zachedrynskij folgt seinem Blick, und beide sehen Tschelsow an.

DIE STIMME DER TSCHELSOWA *hinter der Kulisse* Aljoscha!

Tschelsow bleibt stehen und dreht sich um.

TSCHELSOW Was ist!

STIMME DER TSCHELSOWA Warum ist bei dem Genossen Vorsitzenden denn noch nicht saubergemacht!?

TSCHELSOW Ich komme ja schon, ich komme.

Tschelsow geht nach links.

WOLF Selbst im Krieg waren die Theater geöffnet, der Kaiser wurde mit ihnen nicht fertig. Dann habe ich auf die Revolution gehofft, ich dachte, Lenin, der hat Köpfchen, der wird mit den Theatern schon fertig werden. Und ich bin in die bolschewistische Partei eingetreten.

ZACHEDRYNSKIJ Hat es geholfen?

WOLF Ach was! Das war noch schlimmer. Sie wurde Kommunistin und nahm an der Verbreitung der Kultur teil.

ZACHEDRYNSKIJ Stanislawskij?

WOLF Wenn es nur der wäre! Sie hat pausenlos gespielt, Meyerhold, Wachtangow, Nemirowitsch-Dantschenko...

ZACHEDRYNSKIJ Ich sehe, Sie sind im Bilde.

WOLF Ich kenne sie alle, die Strolche. Das heißt vom Sehen. Wie oft habe ich sie gegrüßt, wenn ich auf sie am Bühnenausgang gewartet habe. Im Winter mit dem Pelz über dem Arm, weil sie sich ja erkälten könnte, und im Sommer mit Eis, damit sie sich etwas abkühlt, und im Herbst und im Frühling mit dem Regenschirm.

ZACHEDRYNSKIJ Hat sie Ihnen das befohlen?

WOLF I wo, sie war wütend, wenn ich auf sie wartete. Sie sagte, das würde sie kompromittieren.

ZACHEDRYNSKIJ Wieso das?

WOLF Eben. Zu Anfang habe ich mich auch gewundert. Aber es ging um gar keine Kompromittierung, sondern um diese Scheißkerle, die ihr erst Blumen auf die Bühne schickten und dann auch noch auf sie warteten. Nur daß die oben bei ihr im Warmen in der Garderobe waren und ich auf der Straße. Aber was sollte ich tun? Erkälten konnte sie sich ja wirklich, das ist eine Tatsache.

ZACHEDRYNSKIJ Ja, sie sind zart.

WOLF Bei uns in Sachsen sagt man, Frauen sind Kinder, Küche, Kirche. Aber denen möchte ich mal Liliana zeigen. Wäre nur ein kleines bißchen Wärme zu Hause, Gemütlichkeit... I wo! Auf dem Spirituskocher bereite ich das Mittagessen für sie und für mich vor, zur Kirche geht sie natürlich nicht, von Kindern will sie nicht mal was hören. Und wenn sie in ein elegantes Restaurant eingeladen ist, dann esse ich allein zu Hause. Manchmal ziehe ich das sogar vor, denn beim Mittagessen redet sie über nichts anderes als über das Theater. Und darüber, daß ihr das Stück nicht gefällt oder daß der Regisseur blöd ist und dann wieder, daß eine Kollegin ein Flittchen ist und daß sie nicht mehr kann. Und wer hat sie gebeten? Ich sicher nicht, der Kocher spielt verrückt, und nirgends kann man Spiritus auftreiben.

ZACHEDRYNSKIJ Vorübergehende Mängel auf dem Versorgungsmarkt.

WOLF Und das schlimmste sind diese Tourneen. Sie fährt mit dem ganzen Ensemble weg, kurvt irgendwo im Land herum und ist nicht da. Manchmal einen Monat lang, manchmal zwei. Ich sitze allein zu Hause und denke: Wo ist sie jetzt? Was macht sie? Was sie macht, ist teilweise bekannt. Sie zeigt sich im Theater. Es ist noch halb so schlimm, wenn es ein Stück über die Revolution ist oder über das Schicksal der Leibeigenen, da ist sie noch halbwegs angezogen. Aber nicht immer spielen sie solche Stücke. Da gibt es so einen Typ, Shakespeare heißt der, und er hat ein Stück »Sommernachtstraum« geschrieben. Das ist mir ein schöner Traum, ich kann seinetwegen nicht schlafen. Denn in dem Stück spielen sie in Trikots, d. h. scheinbar nackt. Ich würde diesen Kerl mit bloßen Händen erwürgen! Kennen Sie ihn vielleicht?

ZACHEDRYNSKIJ Nein.

WOLF Schade, ich würde ihn erwürgen, wenn ich die Adresse hätte. Im übrigen, was heißt da Theater, und was ist nach dem Theater? Was macht sie nach dem Theater?

ZACHEDRYNSKIJ Sie ißt Abendbrot und geht ins Hotel.

WOLF Mit wem? Ich erinnere mich an dieses Hotel in Kursk.

ZACHEDRYNSKIJ Na, vielleicht mit gar niemandem, einfach mit ihren Kollegen.

WOLF Treiben Sie kein Schindluder mit mir, Genosse. Kollegen! Die Bande kenne ich. Angeblich spielen sie ein Stück, diese Wedekinds, und alle denken nur an das eine. Nein, Iwan Nikojalewitsch, ich kann so nicht weiterleben.

ZACHEDRYNSKIJ Aber Sie leben doch irgendwie.

WOLF Bis jetzt habe ich gelebt, aber länger halte ich es nicht aus. Und wissen Sie, warum? Weil ich in letzter Zeit echte Störungen habe.

ZACHEDRYNSKIJ Die Nerven?

WOLF Nicht die Nerven, sondern Liliana. Ich, Genosse, bin ein arbeitender Mensch, Spezialist der russischen Eisenbahn. Ich baue ein Allrussisches Transsystem auf. Ich habe Orden bekommen. Bitte! *Er zeigt der Reihe nach auf die Medaillen.* Die für den Buriatischen Transit, die für den Smolensker Bahnhof, für Kasbar, für Wologda, für Kuban, für Perekop, für die Donbrücke...

ZACHEDRYNSKIJ *steht auf.* Ich gratuliere Ihnen im Namen der Sowjetmacht.

WOLF Ich diene der Sowjetunion.

Sie drücken sich feierlich die Hände, setzen sich.

Na ja, dann sitze ich nachts und mache technische Zeichnungen, rechne und denke: Wo ist sie jetzt? Was macht sie? Mit wem? Und wissen Sie was? Die Schienen geraten mir durcheinander.

ZACHEDRYNSKIJ Die Schienen?

WOLF Ja, die Schienen sind beim Eisenbahnwesen die Hauptsache, das heißt, sie müssen einfach parallel verlaufen. Aber ich sehe schon überhaupt nichts mehr einfach, und die Schienen verlaufen bei mir in Achterbahnen. Oder, noch schlimmer, in irgendwelchen Knoten.

ZACHEDRYNSKIJ Und wenn man den Kopf unter den Wasserhahn …

WOLF Es hilft nicht. Ich habe schon Kopfschmerzen von dem vielen kalten Wasser, aber der Knoten sitzt darin wie vorher. Was für ein Spezialist bin ich da noch, Iwan Nikolajewitsch? Höchstens Spezialist für ein Wollknäuel.

ZACHEDRYNSKIJ Das ist schrecklich, Rudolf Rudolfowitsch, wirklich schrecklich. Aber haben Sie nicht versucht, sie zu verlassen?

WOLF Und ob ich es versucht habe! Ich hatte ja sogar schon einmal alle Sachen gepackt!

ZACHEDRYNSKIJ Nun und dann?

Pause.

WOLF Ich liebe sie.

ZACHEDRYNSKIJ Eine hoffnungslose Situation.

WOLF Sie verstehen mich?

ZACHEDRYNSKIJ *sieht nach links, wohin Tatjana verschwunden ist.* Und wie ...

WOLF Na, dann wissen Sie selber, wie es ist.

ZACHEDRYNSKIJ Ja, ich weiß, was das heißt. Da kann uns niemand helfen.

WOLF Ich weiß nicht, wie das bei Ihnen ist, aber was mich betrifft, es gibt jemand, der das könnte.

ZACHEDRYNSKIJ Ich glaube nicht, Rudolf Rudolfowitsch, da kann niemand helfen. Ich sage Ihnen das wie einem Bruder.

WOLF Sie könnten das.

ZACHEDRYNSKIJ Ich entwirre Ihnen schließlich nicht diese Schienen im Kopf. Sie sind aus Eisen.

WOLF Aber Sie könnten was tun, damit sie mit dem Theater aufhört.

ZACHEDRYNSKIJ Zum Beispiel?

WOLF Sagen Sie ihr, daß sie kein Talent hat.

ZACHEDRYNSKIJ Das kann man keiner Schauspielerin erzählen.

WOLF Warum nicht?

ZACHEDRYNSKIJ Dann tötet sie einen.

WOLF Sie haben ja schließlich einen Waffenschein. Sie nehmen die Pistole und sagen es ihr.

ZACHEDRYNSKIJ Und außerdem ist es nicht wahr. Liliana Karlowna Swetlow ...

WOLF Wolf ...

ZACHEDRYNSKIJ Was?

WOLF Liliana Karlowna Wolfowa. Nach ihrem Mann.

ZACHEDRYNSKIJ Liliana Karlowna Wolfowa ist eine große Schauspielerin, der Stolz unserer Republiken.

WOLF *mit Stolz* Meine Frau.

ZACHEDRYNSKIJ Da kann man so etwas nicht sagen.

WOLF Na, wenn dann sie keine Probleme mit dem Theater hat, dann vielleicht das Theater mit ihr. Sie sind doch jetzt Vorsitzender der Kultur, von Ihnen hängt alles ab.

ZACHEDRYNSKIJ Nicht der Vorsitzende, sondern der Stellvertreter. Der Vorsitzende ist Genosse Tschapajew.

WOLF Reden Sie sich nicht raus, Genosse. Alle wissen, daß der Stellvertreter wichtiger ist als der Vorsitzende. Sie können sie aus dem Theater werfen.

ZACHEDRYNSKIJ Tut mir leid, Rudolf Rudolfowitsch, ich tue alles für Sie wie für einen Bruder, aber das läßt sich nicht machen.

WOLF Sie schlagen mir das ab?

ZACHEDRYNSKIJ Ich kann nicht.

Wolf fällt auf die Knie.

WOLF Genosse Vorsitzender! Ich bitte nur um Gerechtigkeit! Wer rächt den Ehemann einer Schauspielerin, wer spricht für ihn? Niemand! Alle sind nur begeistert, daß sie so wunderbar spielt und applaudieren ihr, und mir geben sie nur eins in die Schnauze. Sie sind meine letzte Hoffnung, Sie Heiliger Georg!

Wolf umkreist auf Knien den Tisch und umfaßt Zachedrynskijs Knie.

ZACHEDRYNSKIJ *springt hoch und schützt sich hinter dem Stuhl.* Was machen Sie? Das ist nicht nötig, nicht nötig ... Sie sind doch Atheist, Genosse, ein Spezialist der Eisenbahn ...

WOLF *schlägt mit der Stirn auf den Boden.* Mein Erlöser! Sie werden den Drachen besiegen!

ZACHEDRYNSKIJ Stehen Sie sofort auf!

WOLF *hebt den Kopf und streckt die Hände bittend zu Zachedrynskij aus.* Wenn Sie sie nicht aus dem Theater rauswerfen wollen, dann tun Sie ihr wenigstens was Böses an. Sie soll fühlen, daß es eine Strafe Gottes gibt, damit es ihr in diesem Theater, in diesem Sündenbabel schlechtgeht. Man muß sie für meine Qual, für meine Schande bestrafen!

ZACHEDRYNSKIJ Stehen Sie auf!

WOLF Ich stehe nicht eher auf, bis Sie mir das versprechen!

ZACHEDRYNSKIJ Ich verspreche nichts! Und überhaupt, Schluß mit dieser Hysterie. Sofort aufstehen!

Wolf steht auf und klopft sich die Hosen ab.

WOLF *ruhig* Ist das Ihr letztes Wort?

ZACHEDRYNSKIJ Mein letztes. Ich kann nichts für Sie tun.

Wolf umkreist den Schreibtisch und setzt sich »vor den Schreibtisch«.

WOLF *ruhig* Nicht für mich, nur für die Sowjetunion, Genosse ... wie heißen Sie?

ZACHEDRYNSKIJ *erstaunt* Zachedrynskij.

WOLF Na schön. Für die Sowjetmacht, heißt es. Haben Sie eine Zigarette?

ZACHEDRYNSKIJ Für die Sowjet... *Kurze Pause.* Aber ja, selbstverständlich, bitte sehr...

Zachedrynskij sucht eilig zwischen den auf dem Schreibtisch herumliegenden Papieren und Akten. Wolf schlägt die Beine übereinander, lehnt sich bequem zurück und wartet in dieser nonchalanten Position.

Ach ja, ich rauche ja nicht... Aber ich lasse gleich welche kommen... Was für eine wollen Sie: »Ira«? »Dukaten«? »Herzegowina Flor«? *Er ruft in die linke Kulisse* Genosse Tschelsow!

WOLF Das ist nicht nötig, das dauert zu lange, ich habe keine Zeit. Aber irgendwie wundert es mich, daß Sie keine Zigaretten haben für Gäste.

ZACHEDRYNSKIJ Nur vorübergehend.

WOLF Ein sträfliches Versehen.

Wolf zieht aus dem Hemd ein silbernes Zigarettenetui, holt daraus eine Zigarette hervor. Er schließt das Zigarettenetui, klopft mit der Zigarette auf den Deckel des Etuis, nimmt die Zigarette in den Mund, das Etui legt er auf den Schreibtisch. Pause.

Dann haben Sie sicher auch keine Streichhölzer? Was?

ZACHEDRYNSKIJ Sie sind ausgegangen. *Er erhebt sich vom Stuhl.* Aber ich hole sie gleich!

WOLF Setzen Sie sich.

Zachedrynskij setzt sich. Wolf holt aus seinem Hemd eine Streichholzschachtel hervor, zündet sich eine Zigarette an, setzt sich bequem hin, steckt die Streichholzschachtel wieder ein. Pause.

Schönes Wetter.

ZACHEDRYNSKIJ Wie Gold, Genosse ... *Er bricht ab, als ob er »Genosse Major« hätte sagen wollen, sich aber nicht sicher wäre* ... Genosse Wolf.

WOLF Gehen Sie baden?

ZACHEDRYNSKIJ Nein, Genosse ... *Er bricht ab, als ob er »Genosse Leutnant« sagen wollte, sich aber nicht sicher wäre* ... Genosse Ingenieur. Die Arbeit ...

WOLF Aber man muß, man muß. Für die Gesundheit. Man hat nie genügend Gesundheit, insbesondere im Dienst.

ZACHEDRYNSKIJ So ist es, Genosse ... *Er bricht ab, findet aber nicht den richtigen Titel für Wolf und wiederholt noch einmal* ... Genosse.

WOLF Worüber hatten wir geredet?

ZACHEDRYNSKIJ Daß man für die Sowjetmacht ...

WOLF Ja genau. Wissen Sie, was Sabotage ist?

ZACHEDRYNSKIJ Gewiß. Jeder wachsame Bürger weiß das.

WOLF Und die sowjetischen Schienen sollen wie sein, na?

ZACHEDRYNSKIJ Vor ... voranführend.

WOLF Und wenn sie voranführend sein sollen, dann führen sie wohin?

ZACHEDRYNSKIJ Nach ... nach vorne.

WOLF Und damit sie nach vorne führen, wie müssen sie dann sein?

Zachedrynskij schweigt. Pause.

Irgendwas stimmt bei Ihnen nicht, Genosse Zachedrynskij. Sie sollten sich ideologisch verbessern. Gehen Sie zu den Schulungen?

Zachedrynskij kann kein Wort hervorbringen, nickt nur bejahend mit dem Kopf.

Sie gehen dahin, aber das scheint nicht viel zu bringen. Na, dann sage ich Ihnen das. Sowjetische Schienen müssen gerade sein. Wiederholen Sie das.

ZACHEDRYNSKIJ Gerade.

WOLF Und Sie hätten gern, daß sie krumm sind?

ZACHEDRYNSKIJ Nein.

WOLF Oder verknotet?

ZACHEDRYNSKIJ Nein.

WOLF Und wenn sie krumm oder verknotet sind, wer wird dafür verantwortlich sein?

Pause.

ZACHEDRYNSKIJ Ich.

WOLF Und wissen Sie, was darauf steht?

Von rechts kommt Liliana Karlowna Swetlow-Wolf. Sie ist achtzehn Jahre älter als im 1. Akt, das heißt sie ist ungefähr 43 Jahre alt. Sie ist nach der »Charleston-Mode« gekleidet. Diese Mode, die für junge und besonders für ganz junge Frauen geeignet ist, unterstreicht Lilianas Reife, sicherlich

gegen ihre Absicht. Eine Kurzhaarfrisur, mit einem Pony und zwei Locken an den Seiten bis auf die Wangen gedreht. Ein sehr starkes Make-up. Um den Hals ein weißes Musselintuch, ein drei- oder viereckiges Halstuch.
Liliana trägt ein ziemlich dickes, in Leder gebundenes Buch. Auf dem Buchdeckel der Titel in Goldbuchstaben: SHAKESPEARE – WERKE.
Wolf wirft schnell die Zigarette unter den Stuhl und drückt sie heimlich mit dem Fuß aus.

LILY Rudi! Was machst du hier!

Wolf steht auf.

WOLF Iwan Nikolajewitsch und ich unterhalten uns...
LILY Worüber?
WOLF Eigentlich über nichts...
LILY Wenn über nichts, wozu dann? *Sich nähernd.* Du rauchst wieder.
WOLF Nicht ich, sondern Iwan Nikolajewitsch. *Zu Zachedrynskij* Nicht wahr, Sie sind das?
ZACHEDRYNSKIJ Ja, ich.
WOLF Na, dann gehe ich jetzt mal.
ZACHEDRYNSKIJ Aber warum, Genosse Ingenieur, bleiben Sie doch noch!
LILY Der Genosse Vorsitzende hat sicher eine Menge Dinge am Hals. Du solltest ihn nicht stören. Nicht wahr, Genosse Vorsitzender?
ZACHEDRYNSKIJ Nein... Das heißt, doch.
LILY *zu Wolf* Worauf wartest du noch?

WOLF *zu Zachedrynskij, demütig* Entschuldigen Sie die Störung, Genosse Vorsitzender.

ZACHEDRYNSKIJ Aber Sie stören nicht, Genosse Ingenieur, bleiben Sie nur sitzen, sitzen Sie nur!

WOLF Nun, sitzen werde nicht ich.

Wolf geht nach links.

Als er an Zachedrynskij vorbeikommt, zwischen den Zähnen, mit gedämpfter Stimme, aber bedrohlich, mit Nachdruck Ich verlasse mich auf Sie ...

Wolf geht links ab. Zachedrynskij springt vom Stuhl auf und greift sich das Zigarettenetui vom Tisch.

ZACHEDRYNSKIJ Genosse Ingenieur, die Zigaretten!

WOLF *mit Nachdruck, warnend* Das sind nicht meine.

Wolf geht nach links ab.

LILY Rudi ist durch und durch gutmütig, aber er kann manchmal aufdringlich sein. Was wollte er?

ZACHEDRYNSKIJ Och, nichts Besonderes, er fragte, ob wir nicht an den Strand gehen wollten.

LILY Und, geht ihr?

ZACHEDRYNSKIJ Nein, ich bin schon verabredet.

Lily setzt sich »vor den Schreibtisch«, legt das Buch darauf. Zachedrynskij steckt das Zigarettenetui in die Tasche des Bademantels und setzt sich »hinter den Schreibtisch«.

Aha, Shakespeare...

LILY Shakespeare. Aber eigentlich ist das Kusnjezowa.

ZACHEDRYNSKIJ Warwara Hipolitowna?

LILY *argwöhnisch* Kennen Sie sie?

ZACHEDRYNSKIJ *ausweichend* Nur von der Bühne.

LILY Sie will die Ophelia spielen.

ZACHEDRYNSKIJ Sehr gut.

LILY Gut?

ZACHEDRYNSKIJ Na in gewisser Hinsicht...

LILY In was für einer Hinsicht?

ZACHEDRYNSKIJ *mit einer vagen Handbewegung* Emploi... Im übrigen hängt das ja auch davon ab...

LILY Von was?

ZACHEDRYNSKIJ Vom Regisseur. Das hängt davon ab, was er für ein Konzept hat.

LILY Eben! Dieser Idiot hat eben so ein Konzept.

ZACHEDRYNSKIJ Ich kenne keine Details.

LILY Jeder kennt die Details. Alle wissen, daß sie mit ihm schläft.

ZACHEDRYNSKIJ Na übertreiben wir nicht.

LILY Sie übertreibt! Mit so einem Impotenten!

ZACHEDRYNSKIJ Woher wissen Sie das?

LILY Alle wissen es. Und das ist das ganze Konzept. Sie hat doch kein Talent!

ZACHEDRYNSKIJ Vielleicht entwickelt es sich noch.

LILY Und wie! Aber nicht im Theater. Für die Ophelia braucht man Erfahrung, das ist eine Rolle für eine erfahrene Schauspielerin.

ZACHEDRYNSKIJ O ja! Sicher...

LILY Und nicht für Säuglinge. Hamlet ist keine Kinderfrau für Mädchen, das ist ein reifer Mann. Und was kann sie auf der Bühne? Höchstens einen Schnuller lutschen.

ZACHEDRYNSKIJ *plötzlich interessiert* Sehr interessant...

LILY Das ist eine Rolle für mich.

ZACHEDRYNSKIJ Aber die schöpferische Freiheit...

LILY Iwan Nikolajewitsch, alles hängt von Ihnen ab.

ZACHEDRYNSKIJ Hm, ja...

Zachedrynskij steht auf, entfernt sich vom Schreibtisch, geht auf der Bühne auf und ab.

Sie haben recht, Sie haben zweifellos recht! Aber überlegen wir mal, was ist Ophelia? Eigentlich eine Episode. Ein beschränktes Geschöpf ohne eigene Initiative. Was macht sie im »Hamlet«? Erst wartet sie auf ihn, dann wartet sie wieder, dann wartet sie immer noch, und schließlich wird sie verrückt. Wenn sie verrückt geworden ist, singt sie ein bißchen, und als sie alle ihre psychischen und geistigen Fähigkeiten ausgeschöpft hat, ertränkt sie sich. Eine völlig passive Gestalt, immer im Hintergrund, die nur dazu dient, daß Hamlet jemanden hat, an den er seine Monologe richten kann, und dann noch dazu, daß ihr Vater, der alte Dummkopf, sich als Autorität fühlen kann, und das Brüderchen als liebender Bruder. Keinerlei Energie, keinerlei Phantasie, keine inneren Komplikationen. Das ist keine Rolle für Sie, Liliana Karlowna. Sie sind zu schade für Ophelia.

LILY Das weiß ich wohl besser.

ZACHEDRYNSKIJ Sie sollten auf die Rolle verzichten, wenn

nicht zum eigenen, dann zum Wohl des Theaters. Es gibt so viele Rollen, die auf Ihr Talent warten. Warum wollen Sie zum Beispiel nicht Othello spielen?

LILY Wen?

ZACHEDRYNSKIJ Othello ist eine sehr komplexe Gestalt. Othello, das ist nicht nur Eifersucht, das ist auch der verletzte Stolz des Parvenüs, die Qual des betrogenen Tyrannen, das Problem eines Mannes, der... Aber ja! Othello ist genau das richtige für Sie.

LILY *eisig* Sie vergessen, daß ich eine Frau bin.

ZACHEDRYNSKIJ Ach, ist ja wahr, verzeihen Sie.

LILY Das verzeiht man nicht.

ZACHEDRYNSKIJ Na, dann die Titania aus dem »Sommernachtstraum«.

LILY Unsinn.

ZACHEDRYNSKIJ Warum?

LILY Die ist zu alt für mich.

ZACHEDRYNSKIJ *jetzt schon nicht mehr fieberhaft* Aber wenn man es in der Nacht spielen lassen würde? Bei Mondenschein? Verborgen hinter Zweigen, Moos und Waldblumen? Niemand wird sehen, daß deiner Jugend Nektar so süß ist.

LILY Was haben Sie, Iwan Nikolajewitsch...

ZACHEDRYNSKIJ Ich fühle mich nicht allzu wohl.

LILY Das sieht man, Sie haben wohl Fieber.

ZACHEDRYNSKIJ Nein, es ist nur irgendwie schwül.

LILY Aber Fieber haben Sie auch.

ZACHEDRYNSKIJ Machen wir das Fenster auf.

LILY Aber es ist doch offen.

Lily steht auf.

ZACHEDRYNSKIJ Dann kann man es ja noch einmal aufmachen.

Lily nähert sich ihm und legt ihm die Hand auf die Stirn.

LILY Na klar, Sie haben Fieber.

Lily nimmt ihr Tuch vom Hals und wischt mit mütterlicher Fürsorge seine Stirn ab, er überläßt sich dem passiv. Dann steckt sie das Tuch in die Tasche von Zachedrynskijs Bademantel.

Sie sollten sich eine Ruhepause gönnen.

ZACHEDRYNSKIJ Genau, wenn wir schon darüber reden, würden Sie nicht gern …

Pause.

LILY Was?

ZACHEDRYNSKIJ Einen Urlaub vom Theater nehmen. Nein, nein! Ich sage nicht für immer, sondern für eine gewisse Zeit … Für zwei, drei Jahre, sagen wir …

LILY Warum?

ZACHEDRYNSKIJ Sie könnten in ein Kloster gehen.

Pause.

LILY *nimmt ihn am Arm.* Gehen wir in den Garten, das wird Ihnen guttun.

ZACHEDRYNSKIJ Ich würde Elsynor vorziehen, oder den Wald. Sieh, Titania, wie schön...

LILY *sanft* Komm, Wanjuschka, gehen wir in die Laube wie früher, erinnerst du dich?

ZACHEDRYNSKIJ Früher?

LILY Wir setzen uns hin und unterhalten uns wie in früheren Zeiten.

ZACHEDRYNSKIJ Was war, ist vergangen.

LILY Nicht alles.

Von links kommt Subatyj mit einem schwarzen, einteiligen Badeanzug mit Trägern, mit Beinkleidern bis zur Hälfte der Waden. Ein Handtuch um den Hals, eine schwarze Gummibademütze auf dem Kopf bedeckt Ohren und Stirn und ist unter dem Kinn zusammengebunden.

SUBATYJ Jetzt?

ZACHEDRYNSKIJ Was jetzt?

SUBATYJ Wir haben uns doch zum Baden verabredet... Was sind Sie so blaß, Genosse Vorsitzender?

ZACHEDRYNSKIJ Ach, ist ja wahr! Ausgezeichnet! Gehen wir!

LILY Wanjuschka! In deinem Zustand?! *Zu Subatyj* Der Genosse Vorsitzende fühlt sich nicht gut.

SUBATYJ Dann warte ich noch. *Er macht eine Bewegung, als wolle er nach links zurückgehen.*

ZACHEDRYNSKIJ *befreit sich von Lily.* Nein, nein! Gehen wir! Sofort! Der endlose Horizont, das Rauschen der

Wellen, das Kreischen der Möwen, der Atem des Meeres, der freie Wind! Platz! Weite!

LILY Wie du willst, Wanjuschka, aber das gefällt mir nicht.

Zachedrynskij und Subatyj gehen nach links ab.

Ruft ihnen nach Nur paßt da auf ihn auf!

Pause. Lily steht da und sieht den Abwesenden nach.

Rezitiert

Prinz Hamlet – mit ganz zerrissenem Wams,
schmutzig, verkommen, bleich wie sein Hemde
mit einem Blick, von Jammer so erfüllt,
als wäre er aus der Hölle losgelassen.

DIE STIMME DER TSCHELSOWA *hinter der rechten Kulisse* Aljoscha!

LILY

Welch edler Geist ist hier zerstört!
Des Hofmanns Auge, des gelehrten Zunge,
Des Kriegers Arm, des Staates Blum und Hoffnung,
der Sitte Spiegel und der Bildung Muster,
das Merkziel der Betrachter: ganz hin.

DIE STIMME DER TSCHELSOWA Aljoooscha!

LILY

Und ich, die Unglückseligste von allen,
die seiner Schwüre Honig sog,
ich höre seine Worte nun,
mißtönend wie verstimmte Glocken.

Von rechts kommt die Tschelsowa herein.

TSCHELSOWA Aljoscha, Aljooscha!

Die Tschelsowa ist genauso alt wie im 1. Akt, das heißt ungefähr 45. Eine Haushälterin, sie trägt genauso eine Schürze wie die von Tschelsow, an den Füßen ausgetretene Pantoffeln, aber eine Dauerwelle in den Haaren. Auf der Dauerwelle eine Budjonnyj-Kappe, d. h. so eine, wie sie die Kavallerie der Budjonnyj-Reiterarmee während des Polenfeldzugs 1920 trug. Spitz mit einem großen roten Stern.

DIE STIMME VON TSCHELSOW *hinter der linken Kulisse* Was denn!

TSCHELSOWA Trag den Genossen Lenin her, der Genosse Franzose ist angekommen!

STIMME DES TSCHELSOW Schon wieder!?

TSCHELSOWA Quatsch nicht, hol ihn! *Sie wendet sich zur rechten Kulisse.* Komm herein, Genosse Mesjeh, komm herein.

Von rechts kommt eine Gestalt in einem langen, eleganten Trenchcoat aus Gabardine. Gelbe, geschnürte Stulpenstiefel. Auf dem Kopf eine Tweedschirmmütze eines Gentleman-Sportlers. Ein weißes Hemd mit hohem Kragen nach der damaligen Mode, die Kragenecken abgerundet, nicht spitz. Eine Krawatte. Er hat einen Fotoapparat der Marke »Leica« über der Schulter hängen.

Lily geht nach rechts ab.

Die Tschelsowa führt den Gast zur Mitte der Bühne.

Nun sehen Sie, hier pflegte er zu sitzen. Das war so: Wir sitzen so einmal abends zusammen, ich hier ... *Sie zeigt auf den Stuhl »vor dem Schreibtisch«* ... Und er da ... *Sie zeigt auf den Stuhl »hinter dem Schreibtisch«.* Aljoscha! Was ist mit dem Genossen Lenin!

STIMME DES TSCHELSOW Er wird gleich dasein!

TSCHELSOWA ... Und ich sage zu ihm: »Wolodja, sitz nicht so da, schreib was!« »Und was?« fragt er darauf. »Na wenigstens ›Imperialismus als das höchste Stadium des Kapitalismus‹.« »Eine gute Idee«, sagt er darauf.

Von links kommt Tschelsow und trägt eine Leninfigur in natürlicher Größe, lackiert, poliert. Die Figur ist in sitzender Position, d.h. einfach in den Knien und den Hüften gebeugt, steif. Tschelsow setzt sie auf den Stuhl »hinter dem Schreibtisch« und geht nach links.

Und er hat gleich angefangen zu schreiben.

Die Tschelsowa setzt sich auf den Stuhl »vor dem Schreibtisch«.

Er war schrecklich fleißig, nur man mußte ihm helfen. Einmal hat er mich gefragt: »Wie denken Sie, Matrjona Wasilewna, was ist besser, erst die Revolution in der ganzen Welt zu machen oder nur in einem Land?« Und ich darauf: »Besser in der ganzen Welt, und wenn das nicht geht, dann in einem Land.« »Sie haben recht, Matrjona Wasilewna, ich weiß nicht, was ich ohne Sie machen sollte.«

Der Tourist zieht sein Notizbuch heraus und notiert.

Und wie zartfühlend er war! Nachlässig war er nur sich selbst gegenüber. Ich habe ihm so manchmal gesagt: Machen Sie den Mantel zu, Wladimir Iljitsch, es zieht. Aber er tut gar nichts, schreibt nur und schreibt, als wenn er nicht gehört hätte, was ich zu ihm sage. Und dann – habe ich ...

Die Tschelsowa steht auf, geht nach rechts, öffnet die Schublade des Tischs und zieht einen roten Schal heraus. Sie kehrt zum Schreibtisch zurück und wickelt den Schal um Lenins Hals.

... Und schon war ihm wärmer.

Der Tourist steckt das Notizbuch ein und bereitet seinen Fotoapparat für Fotos vor. Die Tschelsowa erstarrt in der Pose zum Fotografieren, sie steht hinter Lenins Schultern, mit einer Hand auf der Schulter der Figur.
Pause. Foto.

Und am liebsten mochte er Konfitüre. Ende des Besuchs.

Tschelsowa wickelt den Schal ab. Sie geht nach rechts, der Tourist folgt ihr. Die Tschelsowa setzt sich an den Tisch und steckt den Schal in die Schublade.

Zwei Rubel Eintritt.

Der Tourist holt sein Portemonnaie hervor.

Aber Kleingeld, ich kann nicht herausgeben.

Der Tourist bezahlt. Von links kommt Wolf.

WOLF Liebe Genossin Leiterin...
TSCHELSOWA Gleich, sehen Sie nicht, daß ich eine Reisegruppe... *Sie reißt eine Eintrittskarte von einem Block ab, macht einen Stempel drauf und gibt es dem Touristen.* Das Kärtchen.

Der Tourist steckt die Eintrittskarte in die Tasche und wendet sich dem Ausgang zu.

Das Kärtchen zur Kontrolle.

Der Tourist kehrt an den Tisch zurück. Die Tschelsowa nimmt die Eintrittskarte, reißt sie in zwei Hälften und wirft sie in die Schublade. Der Tourist wendet sich dem Ausgang zu.

Augenblick, die Quittung.

Der Tourist kehrt zum Tisch zurück. Die Tschelsowa schreibt eine Quittung für die bezahlte Eintrittskarte aus. Wolf setzt sich auf den Stuhl »vor dem Schreibtisch«, mit dem Gesicht zum Publikum. Die Tschelsowa stempelt die Quittung, händigt die Quittung dem Touristen aus und schiebt ihm das Rechnungsbuch hin.

Unterschreiben.

Der Tourist unterschreibt und wendet sich dem Ausgang zu.

...Und einen Rubel fünfzig für die Souvenirs.

Der Tourist kehrt zurück und bezahlt. Die Tschelsowa kassiert und schreibt eine zweite Quittung auf einem Formular eines anderen Blocks aus.

WOLF *springt vom Stuhl hoch.* Genossin Leiterin...
TSCHELSOWA Nicht stören!

Wolf setzt sich.
Die Tschelsowa stempelt und gibt dem Touristen die Quittung. Der Tourist steckt die Quittung in seine Tasche. Die Tschelsowa schiebt ihm das Rechnungsbuch hin, der Tourist unterschreibt und wendet sich wieder dem Ausgang zu.
Wolf steht auf.

Ich habe die Quittungen verwechselt. Die für die Souvenirs sollte für den Eintritt sein und die für den Eintritt für die Souvenirs.

Der Tourist kehrt zurück. Die Tschelsowa schreibt wieder eine Quittung für den bezahlten Eintritt aus.
Wolf faßt sich an die Tasche der Bluse, dann durchsucht er nervös alle Taschen der Bluse und der Hose, zusammen, ohne die, die von Medaillen verdeckt ist, sind es fünf.

Die Tschelsowa stempelt, gibt dem Touristen eine neue Quittung für die Bezahlung des Eintritts und schreibt erneut eine Quittung für die Souvenirs aus.

Wir sind doch hier nicht im Ausland, hier herrscht Ordnung.

Wolf stürzt auf den Schreibtisch zu und durchsucht die Papiere auf dem Schreibtisch.
Die Tschelsowa stempelt und händigt dem Touristen eine neue Quittung für die Bezahlung der Souvenirs aus. Der Tourist streckt die Hand nach der Quittung aus. Die Tschelsowa zieht die Hand mit der Quittung zurück.

Die anderen zurückgeben.

Der Tourist sucht in den Taschen. Er kann sie nicht finden.

Schneller geht es nicht?

Wolf sucht auf allen vieren unter dem Schreibtisch und unter dem Stuhl.
Der Tourist findet schließlich die Quittung für die Bezahlung des Eintritts, die eigentlich die Quittung für die Bezahlung der Souvenirs hätte sein sollen, sowie die Quittung für die Bezahlung der Souvenirs, die die Quittung für die Bezahlung des Eintritts hätte sein sollen. Er gibt beide Quittungen der Tschelsowa.
Die Tschelsowa zerreißt beide Quittungen methodisch in kleine Streifen und wirft sie in die Schublade des Tischs.

Sie händigt dem Touristen die Quittung für die Bezahlung der Souvenirs aus.

Unterschrift. *Sie schiebt dem Touristen das Rechnungsbuch hin.*

Wolf findet unter dem Tisch den Zigarettenstummel, hebt ihn auf und setzt sich auf den Stuhl.

Nicht hier! Haben Sie keine Augen?

Tschelsowa zeigt mit dem Finger auf eine Stelle im Buch, wo die Unterschrift gefordert wird. Der Tourist unterschreibt, wobei er sich bemüht, das Zittern seiner Hände zu unterdrücken.

Ein Analphabet oder was...

Wolf holt Streichhölzer aus seiner Tasche und zündet den Zigarettenstummel an. Er raucht mit höchster Erleichterung.
Nachdem er unterschrieben hat, wirft der Tourist den Bleistift hin und läuft in Panik nach links.

Froschfresser.

Wolf steht auf und wirft den Stummel auf den Boden, tritt ihn aus.

WOLF Ist der Genosse Vorsitzende weggegangen?

TSCHELSOWA Wieso fragen Sie?
WOLF Weil er nicht hier ist.
TSCHELSOWA Dann ist er sicher weggegangen.
WOLF Ist er allein weggegangen?
TSCHELSOWA Wieso?
WOLF Na, vielleicht mit der Genossin Wolf...

Die Tschelsowa rührt den nicht ausgetrunkenen Tee im Glas um, genießt Wolfs Warten. Das Klappern des Löffels. Pause.

TSCHELSOWA Vielleicht auch mit ihr.
WOLF Wohin sind sie gegangen?
TSCHELSOWA Wohl in den Garten.
WOLF Warum in den Garten?
TSCHELSOWA Weil sie da immer hingegangen sind.
WOLF Wann?

Pause. Die Tschelsowa schlürft Tee, mehrere Male, ernsthaft, nachdenklich.

TSCHELSOWA Ach, manchmal.

Wolf läuft nach rechts davon.
Die Tschelsowa trinkt einen Schluck Tee und radiert etwas in dem Rechnungsbuch aus.
Von links kommt Tatjana.

TATJANA Wo ist der Genosse Subatyj?
TSCHELSOWA Sicher in seinem Zimmer.

Tatjana geht nach links.
Die Tschelsowa reißt eine Seite aus dem Rechnungsbuch, zerreißt sie in kleine Stückchen und steckt die in die Schublade des Tisches.
Von links kommt Tschelsow mit einem Einkaufskorb.

TSCHELSOW Es gibt keinen Fisch.
TSCHELSOWA Aber Meerrettich gibt es?
TSCHELSOW Ja.
TSCHELSOWA Und wann soll es Fisch geben?
TSCHELSOW Aber morgen sollte es Hammelfleisch geben.
TSCHELSOWA Und gab es heute keins?
TSCHELSOW Ich weiß nicht, ich habe nicht gefragt.
TSCHELSOWA *steht auf.* Ihr könnt auch nichts ohne mich.

Sie geht nach links. Von rechts kommen Zachedrynskij und Subatyj. Subatyj ohne Handtuch. Zachedrynskij hat Subatyj um den Hals gefaßt und stützt sich mit seinem ganzen Gewicht auf seine linke Schulter. Zachedrynskijs rechtes Bein schleift kraftlos hinterher.
Die Tschelsowa geht nach links raus an Tschelsow vorbei. Tschelsow geht den Hereinkommenden einige Schritte entgegen.

TSCHELSOW Was ist passiert, Genosse Vorsitzender...

Zachedrynskij antwortet nicht. Von Subatyj unterstützt, wendet er sich rechts zum Sofa. Subatyj hilft ihm, sich auf das Sofa zu setzen.

Kommt zum Sofa. Genosse Vorsitzender!

SUBATYJ *zu Tschelsow* Das ist nicht meine Schuld!

ZACHEDRYNSKIJ Sagen wir mal, daß es nicht Ihre Schuld ist.

TSCHELSOW Aber das Bein?

ZACHEDRYNSKIJ Gebrochen.

TSCHELSOW Wie! Wo!

ZACHEDRYNSKIJ Im Meer.

TSCHELSOW Sie sind aus dem Meer gefallen, Genosse?

ZACHEDRYNSKIJ Nicht ich, der Genosse Subatyj.

SUBATYJ Ich bin auch nicht gefallen!

ZACHEDRYNSKIJ Aber umgekippt.

SUBATYJ Ich bin umgekippt worden.

TSCHELSOW Aber das Bein?

ZACHEDRYNSKIJ Meins.

TSCHELSOW Aber der Genosse Subatyj ist doch umgekippt.

ZACHEDRYNSKIJ Ich auch.

SUBATYJ *zu Zachedrynskij* Aber später!

ZACHEDRYNSKIJ Das ist ja gerade der Punkt.

TSCHELSOW *zu Subatyj* Weshalb sind Sie denn umgekippt, Genosse?

SUBATYJ Ich bin umgekippt worden.

TSCHELSOW Wieso?

SUBATYJ Eine Welle.

TSCHELSOW Und weshalb hat der Genosse Vorsitzende ein gebrochenes Bein und Sie nicht?

SUBATYJ Weil ich auf den Genossen Vorsitzenden geschleudert wurde.

ZACHEDRYNSKIJ Oh! Eben.

TSCHELSOW Und das Bein war gebrochen.

ZACHEDRYNSKIJ Genau so.

TSCHELSOW Aber Wasser ist doch weich!

ZACHEDRYNSKIJ Aber der Genosse Subatyj ist hart.

TSCHELSOW Das heißt, die Welle hat mit dem Genossen Subatyj Ihr Bein gebrochen

ZACHEDRYNSKIJ Leider.

TSCHELSOW Na so was!

ZACHEDRYNSKIJ Wider allen Anschein ist alles ganz logisch. Der Genosse Subatyj rezitierte mir seine Gedichte, und die Welle hat reagiert.

TSCHELSOW Aber der Genosse Subatyj hat doch rezitiert und nicht Sie!

ZACHEDRYNSKIJ Die Elemente sind blind. Im übrigen möchte ich daran erinnern, daß nicht die Welle mir das Bein gebrochen hat, sondern der Genosse Subatyj.

SUBATYJ Die Welle!

ZACHEDRYNSKIJ Die Welle hatte mir gegenüber keinerlei Vorbehalte, sie hat sie mitgerissen. Ich nehme das der Welle nicht übel. Dagegen dem Genossen Subatyj...

SUBATYJ Warum waren Sie denn da, Genosse Vorsitzender!

ZACHEDRYNSKIJ Und wer wollte mit mir an den Strand?

Pause.

TSCHELSOW Legen Sie sich hin, Genosse Vorsitzender.

Tschelsow hilft Zachedrynskij, sich auf das Sofa zu legen, mit den Füßen zum Proszenium, mit dem Kopf zum Balkonausgang. Die Wand, an der das Sofa steht, ist schräg.

Befühlt Zachedrynskijs Bein. Tut es hier weh?
ZACHEDRYNSKIJ Ja.
TSCHELSOW Und hier?
ZACHEDRYNSKIJ Auch.
TSCHELSOW Mehr?
ZACHEDRYNSKIJ Mehr.
TSCHELSOW Und hier?
ZACHEDRYNSKIJ Auu!
TSCHELSOW Das sieht böse aus.
SUBATYJ Vielleicht tut es dem Genossen Vorsitzenden gar nicht weh, sondern es scheint ihm nur so.
TSCHELSOW Statt Dummheiten zu quatschen, helfen Sie mir lieber, Genosse.

Tschelsow faßt Zachedrynskij unter die Schultern und zieht ihn hoch an dem Sofa entlang. Subatyj nimmt Zachedrynskijs Beine.

ZACHEDRYNSKIJ Auu!!!

Subatyj läßt Zachedrynskijs Beine los.

Dieser Poet soll mir nicht nahe kommen!
TSCHELSOW Setzen Sie sich lieber hin, Genosse Subatyj.

Subatyj setzt sich auf das Sofa und quetscht dabei Zachedrynskijs Bein.

ZACHEDRYNSKIJ Aaauuu!
TSCHELSOW Nicht hierher, auf den Stuhl.

Subatyj setzt sich auf den Stuhl »vor dem Schreibtisch«, mit dem Gesicht zum Publikum.

Und rühren Sie sich nicht, Genosse. Ich bringe inzwischen Essigwasser. Das Bein ist ganz geschwollen.

SUBATYJ *steht auf.* Mir hätte ja auch was passieren können!

TSCHELSOW Setzen!

Subatyj setzt sich.

Und rühren Sie sich nicht.

Tschelsow geht nach links ab. Pause.

SUBATYJ Sind Sie mir böse, Genosse Vorsitzender?

Zachedrynskij schweigt. Pause.

Sie haben doch selbst gesagt, daß die Gedichte gut waren …

Zachedrynskij schweigt. Pause.

»Sehr gut«, haben Sie gesagt, Genosse Vorsitzender. »Man hört nur nichts, weil das Meer so braust.«

Zachedrynskij schweigt. Pause.

Dann kann ich ja noch einmal was rezitieren. *Er steht auf.*

Zachedrynskij schweigt. Pause.
Subatyj setzt sich.

Sie werden das nicht anzeigen?

ZACHEDRYNSKIJ Sie?

SUBATYJ Na, daß ich Ihnen dieses Bein, Genosse Vorsitzender...

ZACHEDRYNSKIJ Nein.

SUBATYJ Ganz sicher nicht?

ZACHEDRYNSKIJ Hören Sie mal zu, Subatyj. Haben Sie sich je duelliert?

SUBATYJ Duelliert?

ZACHEDRYNSKIJ Na, Sie wissen schon, zwei Leute, Individuen, stehen sich gegenüber, von Angesicht zu Angesicht, Auge um Auge, einer sieht den anderen, sie gukken sich in die Augen, sie sehen sich, einer dem anderen gegenüber, direkt.

SUBATYJ Eh, nein, das nicht.

ZACHEDRYNSKIJ ... Und dann schlägt man sich. Oder besser, man kämpft. Nein, noch anders, man mißt sich. Man überprüft, wer der Stärkere ist, nicht nur physisch. Auch psychisch, und selbst geistig, das heißt, wer den besseren Reflex hat, die höhere Intelligenz, die bessere Beherrschung, die vollkommenere Taktik und den stärkeren Willen zu siegen... Und wenn man sich mißt, dann heißt das, daß man sich nach bestimmten Regeln mißt, es gibt Regeln, die weder der eine noch der andere überschreiten darf. Wenn die jemand überschreitet, wird er disqualifiziert, das heißt er verliert.

SUBATYJ *mit dümmlichem Halblächeln, weil er nichts versteht* Eh, was da...

ZACHEDRYNSKIJ Ich will nicht verhehlen, daß ich Ihnen gern den Hals umdrehen, die Arme und Beine brechen und sie danach ausreißen würde, die Zähne ausschlagen, den Bauch zerlöchern, die Schnauze polieren und Sie dann ganz und gar begraben und die Erde festklopfen würde. Aber persönlich, mit meinen eigenen Händen, hier und sofort!

SUBATYJ Hehe...

ZACHEDRYNSKIJ Warum lachst du, du...

SUBATYJ Aber Sie können doch nicht, Genosse.

ZACHEDRYNSKIJ Warum kann ich nicht?

SUBATYJ *freudig* Weil Sie ein gebrochenes Bein haben!

ZACHEDRYNSKIJ Stimmt.

SUBATYJ Sie können mich nur anzeigen.

ZACHEDRYNSKIJ Das kann ich.

Pause.

SUBATYJ *ängstlich* Sie zeigen mich an, Genosse Vorsitzender?

Zachedrynskij wendet sich mit dem Gesicht zur Wand, mit den Schultern zu Subatyj.

Steht vom Stuhl auf. Zeigen Sie mich an, Genosse?

Pause.
Von links kommt Tschelsow mit einer Flasche Essigwasser, einem Paket Gaze und einer Bandagenrolle.
Tschelsow steht über Zachedrynskij gebeugt.

TSCHELSOW Genosse Vorsitzender...

Zachedrynskij reagiert nicht.

Genosse Vorsitzender!

Zachedrynskij reagiert nicht.

Der Verband.

Zachedrynskij dreht sich auf den Rücken um.

ZACHEDRYNSKIJ Macht die Vorhänge zu, das Licht blendet mich.

Tschelsow zieht die Vorhänge zum Balkon zu.
Halbdunkel auf der Bühne.
Tschelsow tränkt die Gaze mit dem Essigwasser und legt die Gaze auf Zachedrynskijs Bein.

TSCHELSOW Das ist nur fürs erste, damit es nicht so anschwillt. Denn wenn es gebrochen ist, geht es nicht ohne Arzt.
ZACHEDRYNSKIJ Es ist wohl gebrochen.

Tschelsow bandagiert das Bein.

TSCHELSOW Können Sie laufen?

Zachedrynskij versucht aufzustehen, aber fällt gleich wieder auf das Sofa zurück.

Man muß einen Doktor rufen.

Tschelsow steht auf und will nach rechts gehen.

SUBATYJ Ich gehe!
TSCHELSOW Und Sie wissen, wo Sie ihn finden?

Subatyj läuft an Tschelsow vorbei und läuft nach rechts.

Sieht dem weglaufenden Subatyj nach. Der ist ja schneller weg wie Scheiße aus einem Flugzeug.
ZACHEDRYNSKIJ Alexander Iwanowitsch ...
TSCHELSOW *dem weglaufenden Subatyj nachblickend.* Ja, was, Iwan Nikolajewitsch?
ZACHEDRYNSKIJ Haben Sie nicht gesehen, wo die Genossin Tatjana ist?
TSCHELSOW Nein.
ZACHEDRYNSKIJ Könnten Sie sie suchen ...

Pause.
Tschelsow sieht immer noch zum rechten Ausgang.

Tun Sie das für mich?

TSCHELSOW Wissen Sie was, Iwan Nikolajewitsch? Ich gehe ihm nach.

ZACHEDRYNSKIJ Wozu?

TSCHELSOW Der Subatyj gefällt mir nicht.

ZACHEDRYNSKIJ Kein Wunder. Wenn Sie sie irgendwo sehen sollten...

TSCHELSOW *unterbricht ihn* Brauchen Sie irgendwas?

ZACHEDRYNSKIJ Nein danke. Im Garten oder irgendwo...

TSCHELSOW Vielleicht wollen Sie Wasser?

ZACHEDRYNSKIJ Nein, nein, nicht nötig. Oder am Strand...

TSCHELSOW Ich bin gleich zurück. *Er will nach rechts ab.*

ZACHEDRYNSKIJ Alexander Iwanowitsch!

Tschelsow geht nach rechts ab.
Zachedrynskij schleppt sich vom Sofa, d. h. er fällt fast, aber er überwindet seinen Schmerz. Sich an die Wand klammernd, bewegt sich Zachedrynskij mit Mühe zum rechten Ausgang, er hat es eilig und kämpft mit dem kraftlosen Körper. Er kommt fast direkt zum Ausgang in die Kulisse.

Wenn Sie sie treffen sollten, dann sagen Sie ihr...

Zachedrynskij horcht, aber Tschelsow hat das Gebäude schon verlassen.
Pause.
Zachedrynskij kehrt zurück. Bei der Rückkehr hat er es nicht mehr eilig. Er gelangt ans Sofa, legt sich auf das Sofa

wie vorher. Er liegt auf dem Rücken mit den Händen unter dem Kopf. Er sieht an die Decke. Er schließt die Augen.

Lange Pause.

Im Spalt des Vorhangs erscheint der Kopf Sejkins in einer Offiziersmütze.

Pause.

Der Kopf wendet sich nach rechts, das heißt nach links vom Publikum aus gesehen, nach links, als wenn der Eigentümer des Kopfes sich über die Situation orientieren wollte.

Der Kopf sieht in Richtung Zachedrynskij.

Pause.

Aus dem Spalt des Vorhangs kommt Pjotr Alexejewitsch Sejkin in der kompletten Uniform der zaristischen Armee, mit Gürtel und Mütze, aber ohne Säbel. Unter dem Arm trägt er einen Pferdeschädel.

Sejkin ist im selben Alter wie im 1. Akt und sieht auch so aus.

Vorsichtig, um Zachedrynskij nicht zu wecken, von dem man annehmen kann, daß er schläft, kommt er zum Sofa und beugt sich über den unbeweglichen Zachedrynskij.

Er bleibt einen Augenblick in dieser Position.

Er dreht sich um und setzt sich, ohne Lärm zu machen, »vor den Schreibtisch«, mit dem Rücken zur Leninfigur, frontal zu Zachedrynskij. Den Pferdeschädel legt er auf seine Knie. Er sitzt unbeweglich da.

Pause.

Zachedrynskij öffnet die Augen und stützt sich auf die Ellbogen.

Wer ist da?

SEJKIN Ich.

ZACHEDRYNSKIJ Wer?

SEJKIN Pjotr Alexejewitsch Sejkin.

ZACHEDRYNSKIJ Ah, willkommen!

SEJKIN Zdráwstwujte! Iwan Nikolajewitsch.

ZACHEDRYNSKIJ Was gibt es bei euch? Wie lebt man denn so?

Sejkin antwortet nicht.

So viele Jahre, so viele Jahre... Wie steht es mit der Gesundheit?

Sejkin antwortet nicht.

Entschuldigen Sie, daß ich nicht aufstehe, aber Sie sehen ja... *Er zeigt auf das bandagierte Bein.*

Sejkin nickt mit dem Kopf.

Kommen Sie von weit her?

SEJKIN Von weit.

ZACHEDRYNSKIJ Wir sind hier alle von weit her, obwohl wir am gleichen Ort sind. Sie würden es nicht wiedererkennen, jetzt ist alles anders.

SEJKIN Na, nicht alles.

ZACHEDRYNSKIJ Sie haben recht, einige Sachen haben sich nicht geändert.

SEJKIN Einige nicht.

ZACHEDRYNSKIJ Was können Sie davon wissen. *Plötzlich beunruhigt* Warum reden Sie so...

SEJKIN Das Herz ändert sich nicht.

ZACHEDRYNSKIJ Selbst bei Ihnen nicht?

SEJKIN Selbst bei uns nicht.

ZACHEDRYNSKIJ *immer beunruhigter* Wozu sind Sie hergekommen?

SEJKIN Um Sie zu besuchen.

ZACHEDRYNSKIJ Das ist schön, Pjotr Alexejewitsch, das ist schön. Ich war nicht sehr höflich zu Ihnen.

SEJKIN Ich zu Ihnen auch nicht.

ZACHEDRYNSKIJ Und Sie nehmen mir nichts mehr übel?

SEJKIN Die Unhöflichkeit nicht.

ZACHEDRYNSKIJ Und was?

SEJKIN Sie wollten fragen: wen?

Zachedrynskij fällt auf das Kopfende zurück, sieht an die Decke.
Pause.

ZACHEDRYNSKIJ Sie hätten sie ja heiraten können.

SEJKIN Hätte ich.

ZACHEDRYNSKIJ Sie war einverstanden.

SEJKIN Ja.

ZACHEDRYNSKIJ Wieso nehmen Sie mir es dann übel?

SEJKIN Ich nehme Ihnen nicht das damals übel, sondern das später.

ZACHEDRYNSKIJ Später waren Sie irgendwie nicht da.

SEJKIN Das ist wahr.

ZACHEDRYNSKIJ Und jetzt sind Sie noch weniger da...

SEJKIN Das ist auch wahr.

ZACHEDRYNSKIJ Na, dann ist es nicht wahr, daß Sie ein Recht dazu hätten, mir das übelzunehmen.

SEJKIN Das ist nicht wahr.

ZACHEDRYNSKIJ Na was dann?

SEJKIN Was soll man machen, Iwan Nikolajewitsch, es gibt keine Wahrheit, es gibt mich nicht, aber der Groll bleibt.

ZACHEDRYNSKIJ Und was wollen Sie von mir...

SEJKIN Haben Sie keine Angst, ich will nur ein bißchen plaudern.

ZACHEDRYNSKIJ *erleichtert* Na, dann ist es ja gut, reden können wir. Ich habe auch niemanden, mit dem ich reden könnte.

SEJKIN Aber hier sind doch so viele Menschen.

ZACHEDRYNSKIJ Was für Menschen? Es gab Menschen, es gibt keine Menschen mehr. Eigentlich haben Sie Glück.

SEJKIN Ich?

ZACHEDRYNSKIJ Sie sind rechtzeitig weggegangen. Mit Verlaub, was ist das?

SEJKIN Was?

ZACHEDRYNSKIJ Das gezahnte. *Er zeigt auf die auseinanderklaffenden Zähne des Pferdeschädels.*

SEJKIN Ein Kollege.

ZACHEDRYNSKIJ Sieht irgendwie komisch aus...

SEJKIN Mehr als ein Kollege, der beste Freund, ein echter Kamerad. Wir waren gemeinsam bei Wrangel, bis zum Schluß. Er hat mich nie enttäuscht.

ZACHEDRYNSKIJ Bis zum Schluß?

SEJKIN Ich trenne mich nie von ihm.

ZACHEDRYNSKIJ So muß es sein, wenn es ein Freund ist. Aber wenn wir schon von Groll reden...

SEJKIN Es gibt nichts zu erinnern, Iwan Nikolajewitsch, es ist zu Ende. Es war meine Schuld.

ZACHEDRYNSKIJ Da könnte ich eher Ihnen grollen.

SEJKIN Und tun Sie das?

ZACHEDRYNSKIJ Ja.

SEJKIN Noch immer? Schließlich war das doch unwichtig.

ZACHEDRYNSKIJ Für Sie unwichtig. Aber für Tatjana... Und genau deswegen grolle ich Ihnen.

SEJKIN Sie reden Unsinn, Iwan Nikolajewitsch. Hätten Sie es vorgezogen, daß für mich wichtig gewesen wäre, daß es für sie wichtig war?

Pause.

ZACHEDRYNSKIJ Sie haben recht. Eigentlich nicht.

SEJKIN Na bitte, Sie sehen selber, daß es dumm ist.

Pause.

ZACHEDRYNSKIJ Eigentlich grolle ich Ihnen nicht mehr. Jetzt grolle ich einem gewissen Subatyj.

SEJKIN Subatyj? Kenne ich nicht.

ZACHEDRYNSKIJ Ich habe ja gesagt, daß Sie Glück haben.

SEJKIN Was ist das für einer?

ZACHEDRYNSKIJ Reden wir nicht von ihm.

Pause.

Vielleicht wissen Sie, wo sie jetzt ist?
SEJKIN Ja.

Zachedrynskij fährt so heftig von seinem Sofa hoch, daß er sein krankes Bein verletzt, unwillkürlich verzieht er sein Gesicht vor Schmerz, aber er beachtet den Schmerz nicht.

ZACHEDRYNSKIJ Wo!?
SEJKIN Wozu wollen Sie das wissen?
ZACHEDRYNSKIJ Wieso wozu!?
SEJKIN Wollen Sie das unbedingt?
ZACHEDRYNSKIJ *erhebt sich von seinem Lager und setzt sich, die Füße auf den Boden setzend, hin.* Ich will!
SEJKIN Wollen Sie wirklich?
ZACHEDRYNSKIJ Spielen Sie nicht mit mir.
SEJKIN Ah, wenn Sie es wirklich...

Sejkin steht auf. Er legt den Pferdeschädel auf den Stuhl, mit der Schnauze Zachedrynskij zugewandt, geht zum Ausgang des Balkons. Er steht neben dem linken Rahmen des Balkonausgangs und zieht an der Vorhangschnur.

Der Vorhang teilt sich.

Es erscheint eine Szene aus Shakespeares »Sommernachtstraum«. Tatjana tritt als Titania auf. Subatyj als Zettel. Tatjana-Titania in einem schönen, phantasievollen Theaterkostüm der Titania, das in beträchtlichem Maße ihre schöne Körperformen hervorhebt. Subatyj-Zettel so, wie wir ihn zuletzt gesehen haben, d.h. in einem einteiligen schwarzen Badekostüm mit Trägern, Beinkleidern bis zur Hälfte der Schenkel, eine schwarze, enge Gummibadekappe auf dem Kopf, die tief auf die Stirn reicht, seine Ohren bedeckt und unter dem Kinn zusammengebunden ist.

Alles, was vorher durch die Balkonöffnung zu sehen war, muß verschwinden, also die Balustrade, die Wipfel der Zypressen und der Meereshorizont. Es muß unbedingt der Eindruck entstehen, daß die Szene auf dem Balkon spielt, aber in einer anderen Dimension, in einem undefinierbaren Raum.

Die Bühne dieses kleinen Theaters ist hell erleuchtet. Tatjana-Titania liegt auf der üblichen Waldwiese zwischen Blumen. Subatyj-Zettel beugt sich über sie. Um sie herum ein durch einige Elemente angedeuteter Wald. Tatjana-Titania erwacht aus dem Schlaf.

TATJANA

Weckt mich von meinem Blumenbett ein Engel?

SUBATYJ

Der Kuckuck, den der Grasemück
So gern ins Nestchen heckt
Und lacht darob mit arger Tück
und manchen Eh'mann neckt –
Denn sein Ruf soll ein gar gefährlich Omen
sein und wem jückt es nicht an der Stirne,
wenn er sich Kuckuck grüßen hört?

TATJANA

Ich bitte dich, du holder Sterblicher,

Sing noch einmal! Mein Ohr ist ganz verliebt
In deine Melodie; auch ist mein Auge
Betört von deiner lieblichen Gestalt;
Gewaltig treibt mich deine schöne Tugend,
Beim ersten Blick dir zu gestehn;
Daß ich dich liebe.

Zachedrynskij erhebt sich mit Mühe, aber den Schmerz vergessend, vom Sofa.

SUBATYJ

Beschwört es nicht, o holdes Fräulein.
Und doch, ich muß gestehn,
Nicht wie die Eiche ist die Liebe,
Drum faßt beim Schopfe die Gelegenheit.

TATJANA

Du bist so weise, wie du reizend bist.

SUBATYJ

Das nun just auch nicht. Doch wenn ich Witz genug hätte, um aus diesem Walde zu kommen, so hätte ich just so viel, als nötig wäre.

TATJANA

Begehre nicht, aus diesem Hain zu fliehn;
Verweilen sollst du hier bei mir.
Und träumen nur von mir, der Göttin.
Groß ist meine Macht, die währet einen Sommer lang
Und Liebe dir zum Lohn verspricht.
Denn sieh: Ich liebe dich!

Zachedrynskij geht zum rechten Rahmen der Szene. Er

lehnt sich mit seiner rechten Schulter daran und betrachtet die Vorstellung.

> Sie sollen Perlen aus dem Meer dir bringen,
> Und, wenn du leicht auf Blumen schlummerst, singen.
> Ich will vom Erdenstoffe dich befreien,
> Daß du so luftig sollst wie Geister sein.

ZACHEDRYNSKIJ *schreit* Genug!

Die Schauspieler unterbrechen ihr Spiel und wenden sich abwartend dem Publikum zu.

SEJKIN Was haben Sie, Iwan Nikolajewitsch...

Humpelnd, alle Augenblicke das Gleichgewicht verlierend und es wiedergewinnend, geht Zachedrynskij, seines physischen Schmerzes nicht bewußt, nach links, am Bühnenrand entlang.
Er steht vor Sejkin und stützt sich mit der rechten Hand an der Wand ab.

ZACHEDRYNSKIJ Warum bist du gekommen? Um dich zu rächen?
SEJKIN Wieso... gefällt es Ihnen nicht?
ZACHEDRYNSKIJ Du Gespensterjago!
SEJKIN Das ist aus einem anderen Stück.
ZACHEDRYNSKIJ Ich werde dir... ich werde dir...
SEJKIN Was macht mir das aus?

Pause.

ZACHEDRYNSKIJ *ruhig* Nein, ich kann dir nichts anhaben. *Er schlägt in einem plötzlichen Wutanfall gegen die Wand.* Auuu! *Er hat zu stark geschlagen und sich die Hand verletzt.*

SEJKIN Sie sollten sich beherrschen, Iwan Nikolajewitsch. Wenn das weiter so geht, dann werden Sie noch ein Krüppel.

SUBATYJ Können wir weiter machen?

SEJKIN Bitte, aber zeigen Sie einen anderen Ausschnitt. Der Genosse Vorsitzende mag das nicht.

Der Vorhang fällt automatisch.
Zachedrynskij geht nach rechts und fällt auf das Sofa.

Nähert sich ihm. Was haben Sie?

ZACHEDRYNSKIJ Wasser!

Sejkin geht nach links und gießt Wasser aus der Karaffe in ein Glas. Das heißt, er markiert das Eingießen, denn in der Karaffe ist kein Wasser. Er gibt Zachedrynskij das Glas.
Zachedrynskij nimmt das Glas und setzt es gierig an. Er trinkt, bemerkt aber, daß er nicht trinkt. Er versucht es noch einmal, indem er den Kopf nach hinten beugt, aber seine Beobachtung bestätigt sich. Er hält das Glas vor seine Augen, besieht es sich, stellt es auf den Kopf. Das Glas ist natürlich leer. Er gibt das Glas Sejkin zurück.

Irgendwie trocken.

SEJKIN *süß* Was ist trocken, Iwan Nikojalewitsch?

ZACHEDRYNSKIJ Das Wasser.

SEJKIN Trockenes ist am gesündesten.

Sejkin bringt das Glas zum Schreibtisch zurück und stellt es auf den Schreibtisch.

ZACHEDRYNSKIJ Das sollten Sie mir nicht antun.

SEJKIN *süß* Was, Genosse Vorsitzender?

ZACHEDRYNSKIJ Das mit Subatyj.

Sejkin nähert sich Zachedrynskij und stellt sich neben ihn.

SEJKIN Und mit wem sonst?

ZACHEDRYNSKIJ Ich wußte, daß Sie unsympathisch sind, aber ich habe nicht gedacht, daß Sie so ein Schuft sind.

SEJKIN Ach, nur manchmal.

ZACHEDRYNSKIJ Mir so was zu zeigen...

SEJKIN Sie wollten es selbst sehen.

Ein Gongschlag hinter dem Vorhang. Sejkin nimmt die rechte Position am Fußende des Sofas ein. An die Wand gelehnt betrachtet er die Bühne wie ein Theaterzuschauer. Die Wand ist schräg, also wird er weder Zachedrynskij auf dem Sofa noch die kleine Bühne verdecken.

Der Vorhang geht automatisch hoch.

Eine Szene aus »Othello«. Als Desdemona tritt Lily Karlowna Wolf auf. Sie liegt auf dem Bett, im Nachthemd. Ein Theaterkostüm, aber ihre Frisur ist dieselbe wie vorher, mit dem Pony und den bis auf die Wangen gedrehten Locken.

Von der linken Bühnenseite kommt Rudolf Rudolfowitsch als Othello. Einen Turban auf dem Kopf, ein Theaterkostüm, aber auf der Tunika trägt er dieselben Orden wie vorher.

LILY

Wer da? Othello?

WOLF

Ja, Desdemona.

ZACHEDRYNSKIJ *halblaut* Das ist nicht für mich, das ist für Sie.

SEJKIN Sind Sie sicher?

ZACHEDRYNSKIJ Na vielleicht für mich auch, aber nicht in dieser Besetzung.

LILY

Wollt Ihr zu Bett gehn, mein Gemahl?

WOLF

Hast du zu Nacht gebetet, Desdemona?

LILY

Ja, mein Gemahl.

WOLF

Kannst du dich einer Sünde noch erinnern,

Nicht ausgesöhnt dem Himmel und der Gnade,
so flehe jetzt alsbald.

LILY

Ach mein Gemahl, was wollt Ihr damit sagen?

WOLF

Wohl, tu' es und sei kurz; ich geh beiseite;
Nicht möcht ich deinen Geist in Sünden töten,
Nein, Gott verhüt's nicht, deine Seele töten.

LILY

Sprecht Ihr vom Töten?

WOLF

Ja!

ZACHEDRYNSKIJ *ruft, die Hände am Mund* Schienen!

WOLF *unterbricht das Spiel, zu Zachedrynskij* Bitte einen Künstler nicht zu stören!

SEJKIN Lassen Sie ihn in Ruhe. Ich mag diesen Ingenieur auch nicht, aber er ist für mich eingesprungen.

Die Schauspieler nehmen ihr Spiel wieder auf.

LILY

Dann güt'ger Himmel,
Erbarm dich mein!

WOLF

Amen, von ganzem Herzen.

LILY

Wenn du so sprichst, dann wirst du mich nicht töten!

WOLF

Hum!

LILY

Und dennoch fürcht' ich dich, denn du bist
schrecklich, wenn so dein Auge rollt.
Warum ich fürchten sollte, weiß ich nicht,
Da ich von Schuld nichts weiß; doch fühl' ich,
daß ich fürchte.

WOLF

Denk deiner Sünde!

ZACHEDRYNSKIJ Bloß keine Anspielungen!

WOLF *unterbricht sein Spiel, zu Sejkin* Genosse Direktor, was soll das?

SEJKIN Spielen Sie weiter.

Die Schauspieler setzen das Spiel fort.

LILY

Meiner Sünden? Die eine ist's: daß ich dich liebe.

WOLF

Und dafür stirbst du.

LILY

Grausamer Tod, der nur um Liebe tötet!
Und warum bebest du
und nagst an deiner Unterlippe...
Mörderische Leidenschaft hält dich gefangen.
Welch böses Omen! Doch hoffe ich,
ich hoffe noch, es gilt nicht mir.

WOLF

Schweig und sei still!

LILY

Ich schweige; was begehrst du?

WOLF

Das Tuch, das ich so wert hielt und dir schenkte,
du gabst es Cassio.

ZACHEDRYNSKIJ Was für ein Tuch?

LILY

Nein, bei meinem Leben!
ruf' ihn herbei und frage ihn!

ZACHEDRYNSKIJ Eben.

WOLF

Hüte, mein Kind, hüte dich vor Meineid,
Du liegst auf deinem Sterbebette.

LILY

Ja, doch nicht jetzt zu sterben.

WOLF

So denn alsbald.
Darum bekenn' aufrichtig deine Sünde;
Denn jeden Punkt mit einem Eid verleugnen,
nicht wälzt es ab, noch beugt's der Überzeugung Last,
die mich zu Boden drückt. Du bist am Sterben.

LILY

Dann, Gott, erbarm dich meiner!

WOLF

Ha Metze! Du weinst um ihn vor meinen Augen?

Er zeigt auf Zachedrynskij.
Sejkin löst sich von der Wand und betrachtet Zachedrynskij.
Wolf-Othello erstarrt mit dem Finger auf Zachedrynskij zeigend. Pause.

ZACHEDRYNSKIJ Worum geht es ihm?

Sejkin hört auf, Zachedrynskij anzusehen und kehrt, sich wieder an die Wand lehnend, in die Rolle des Zuschauers zurück.
Die Schauspieler nehmen ihr Spiel wieder auf.

LILY

Verstoßt mich, mein Gemahl! Nur tötet nicht!

WOLF

Nieder mit dir, Metze!

LILY

Tötet mich morgen, laßt mich heut noch leben!

WOLF

Kein Sträuben!

LILY

Nur eine halbe Stunde!

WOLF

Ist's getan, braucht's keines Zögerns.

LILY

Nur, bis ich noch gebetet!

WOLF

Es ist zu spät.

Er beginnt sie zu erwürgen.
Zachedrynskij springt vom Sofa hoch, soweit das in seinem Zustand möglich ist.

ZACHEDRYNSKIJ Laß sie los, du Schuft!
WOLF *hört auf, sie zu würgen.* Unter solchen Umständen kann ich nicht arbeiten!
ZACHEDRYNSKIJ Dann arbeite nicht, du Ochse!
WOLF Bitte, keine Beleidigungen!
ZACHEDRYNSKIJ Ich werde dich gleich beleidigen! *Er geht drohend auf ihn zu,.*
WOLF *weicht zurück, mit dem Rücken zur linken Kulisse des kleinen Theaters.* Ich werde davon Gebrauch zu machen wissen!
ZACHEDRYNSKIJ Das wirst du nicht schaffen, du Spitzel!
SEJKIN Das sind nicht die Manieren eines verantwortlichen Arbeiters der Kulturspitze, Genosse Vorsitzender. Was würde Genosse Tschapajew dazu sagen.
ZACHEDRYNSKIJ Der Genosse Tschapajew kann mich am Arsch ...
SEJKIN Wer?
ZACHEDRYNSKIJ *überlegt* Na ja, er vielleicht nicht.

Der Vorhang geht automatisch runter.

SEJKIN Ich habe nicht verstanden, weshalb Sie die Vorstellung unterbrochen haben, Genosse Zachedrynskij. Die Eifersucht, das ist doch Ihr Problem.
ZACHEDRYNSKIJ Alles hat seine Grenzen, Pjotr Alexejewitsch. Ich mag eifersüchtig sein, leiden, Szenen ma-

chen, aber jemanden erwürgen? Nein, das gibt es bei mir nicht.

SEJKIN Weil Sie in diesen Dingen schwach sind, Iwan Nikolajewitsch. Man muß bis zum Ende gehen.

ZACHEDRYNSKIJ Sie vielleicht, aber ich nicht. Und wenn es schon darum geht, bis zum Ende zu gehen, da haben gerade Sie kein Recht, was zu sagen. Sie haben im ersten Akt wunderbar geglänzt.

SEJKIN In welchem ersten Akt?

ZACHEDRYNSKIJ Gleich nachdem Sie Liliana Karlowna einen Antrag gemacht hatten. Nichts für ungut, es war ein schöner Anblick.

Sejkin schweigt.

Und ein schöner Charakterzug.

SEJKIN Ich mußte zurück zur Garnison.

ZACHEDRYNSKIJ Ohne die Verlobte?

SEJKIN Ich hatte die Absicht zurückzukommen.

ZACHEDRYNSKIJ Aber irgendwie sind Sie nicht zurückgekommen.

Pause.

SEJKIN Mir scheint es so, als ob wir diese Szene vollenden.

ZACHEDRYNSKIJ Welche, die Verlobungsszene? Das würde sich lohnen.

SEJKIN Nein, die aus »Othello«.

ZACHEDRYNSKIJ Aha, weil man bis zum Ende gehen muß, ja?

SEJKIN Eben.

ZACHEDRYNSKIJ Nur daß die Schauspieler schon weggegangen sind.

SEJKIN Das macht nichts, bringen wir sie allein zu Ende.

ZACHEDRYNSKIJ Ich bin nicht Ihre Desdemona.

SEJKIN Es geht auch ohne.

Sejkin hebt die Hand, spreizt die Finger und bewegt sie, macht gymnastische Fingerübungen, und abwechselnd massiert er die Finger.
Zachedrynskij zieht sich zurück, aufgrund seines kranken Beins ungeschickt. Sejkin folgt ihm.

ZACHEDRYNSKIJ Was haben Sie denn nun wieder, Pjotr Alexejewitsch ...

SEJKIN Dasselbe, mein Lieber, immer dasselbe.

ZACHEDRYNSKIJ *zurückweichend.* Aber Sie haben doch gesagt, Sie hegen keinen Groll mehr gegen mich ...

SEJKIN Ich hatte keinen mehr, aber es sind neue Umstände eingetreten.

ZACHEDRYNSKIJ *schon nicht mehr zurückweichend, weil er mit den Waden bereits das Sofa berührt.* Was für Umstände ...

Sejkin zieht schnell das Tuch aus Zachedrynskijs Bademanteltasche.

Das ist ein Mißverständnis!

Sejkin wirft das Tuch auf den Boden, faßt Zachedrynskij an die Kehle und wirft ihn auf das Sofa.

TSCHELSOWS STIMME *hinter der rechten Kulisse* Iwan Nikolajewitsch! ... *Näher* Iwan Nikolajewitsch!

Sejkin hört auf, Zachedrynskij zu würgen, nimmt seinen Pferdeschädel unter den Arm und verschwindet in dem Vorhangspalt.
Von rechts kommt Tschelsow angelaufen.

TSCHELSOW Iwan Nikolajewitsch ... *Er ringt nach Atem.* Ich habe mich so beeilt, aber ... Iwan Nikolajewitsch, wo sind Sie?

ZACHEDRYNSKIJ *auf dem Sofa liegend.* Hier.

TSCHELSOW Ah, Gott sei Dank, ich dachte schon, Ihnen sei was passiert.

ZACHEDRYNSKIJ Ich hatte einen schlimmen Traum.

SEJKIN Das kommt von dem Bein. Aber ich habe eine schlimme Nachricht, der Doktor ist nicht da.

ZACHEDRYNSKIJ Hat ihm Subatyj nicht Bescheid gegeben?

TSCHELSOW Subatyj? Der ist gar nicht zum Doktor gegangen.

ZACHEDRYNSKIJ Sondern wohin?

TSCHELSOW Anzeigen.

Pause.

ZACHEDRYNSKIJ Reden Sie.

TSCHELSOW Ich bin ihm nachgegangen. Zu Anfang ging er geradeaus, aber dann sehe ich, daß er um die Ecke biegt. Ich denke mir »Aha!« Aber vielleicht ist er nur abgebogen, weil er einen anderen Weg vorzieht. Nur als er wieder abbog, ein Stück geradeaus und hineinging...

ZACHEDRYNSKIJ Wo ist er reingegangen...

TSCHELSOW Lieber nicht aussprechen.

ZACHEDRYNSKIJ Woher wissen Sie, was er da gemacht hat?

TSCHELSOW Ich bin vom Garten aus nah rangegangen, das Fenster war offen, und ich habe alles gehört.

ZACHEDRYNSKIJ Hat Sie niemand gesehen?

TSCHELSOW Aber es ist doch schon Nacht.

ZACHEDRYNSKIJ Er hat Anzeige erstattet...

TSCHELSOW Er hat Sie angezeigt, daß Sie ihn nicht angezeigt haben. Ist das wahr, daß Sie ihn nicht angezeigt haben?

ZACHEDRYNSKIJ Ich hatte keine Gelegenheit.

TSCHELSOW Aber das hätten Sie tun müssen... Und jetzt ist es schon zu spät. Na ja, dann bin ich wieder durch den Garten, rannte über den Boulevard und bin schon wieder hier. Nur daß ich auf dem Weg...

Er zieht aus der Brusttasche eine Halbliterflasche Wodka heraus und stellt sie auf den Boden, ans Kopfende des Sofas.

Für Sie.

ZACHEDRYNSKIJ Aus welchem Anlaß?

TSCHELSOW Für das Warten. Es wird Ihnen nützlich sein.
ZACHEDRYNSKIJ Gott vergelt's.
TSCHELSOW O je, Iwan Nikolajewitsch, weshalb haben Sie nicht als erster...
ZACHEDRYNSKIJ Es hat sich nicht gefügt.
TSCHELSOW Nicht anzuzeigen ist eine schwere Sünde.

Pause.

ZACHEDRYNSKIJ Wann werden sie mich abholen?
TSCHELSOW Wohl noch vor Mitternacht.

Pause.

Na dann... Seien Sie mir nicht böse, Iwan Nikolajewitsch, aber ich gehe besser.
ZACHEDRYNSKIJ Klar.
TSCHELSOW Brauchen Sie nichts mehr?
ZACHEDRYNSKIJ Nein, ich brauche gar nichts mehr.

Tschelsow geht nach links.

Vielleicht nur...

Tschelsow bleibt stehen.

Machen Sie die Vorhänge auf, es ist schwül.

Tschelsow zieht an der Vorhangschnur und zieht die Vorhänge vor dem Balkon auf. Da sind wieder die Balustrade und die Wipfel der Zypressen, wo vorher die Szenen aus dem »Sommernachtstraum« und »Othello« waren. Der einzige Unterschied ist, daß es jetzt tiefe Nacht ist und die Wipfel der Zypressen schwärzer sind als der nächtliche Himmel.

TSCHELSOW Und noch eins, Iwan Nikolajewitsch: Ich habe nichts gesagt, und Sie haben nichts gehört. Verstehen Sie . . .

ZACHEDRYNSKIJ Sie können ganz ruhig sein, Alexander Iwanowitsch.

Tschelsow geht nach links.

Und danke für alles.

TSCHELSOW Wofür? Schließlich kannten wir uns doch nicht. *Er geht links ab.*

Pause. Zachedrynskij sitzt auf dem Sofa und starrt vor sich hin. Nach einem Augenblick sieht er das Tuch auf dem Boden liegen. Er steht auf, hebt das Tuch auf und steckt es in die Tasche des Bademantels.

Er hebt die Wodkaflasche auf, geht zum Schreibtisch, setzt sich auf den Stuhl vor dem Schreibtisch, Lenin gegenüber.

Er entkorkt die Flasche.

Er salutiert vor Lenin und hebt die Flasche an die Lippen.

Er trinkt, und mit jedem Schluck beugt er den Kopf weiter nach hinten.

Der Vorhang schließt sich langsam. Wenn sich Zache-

drynskij so weit wie möglich nach hinten gelehnt hat und die Flasche schon fast senkrecht steht, schließt sich der Vorhang völlig.

Ende des zweiten Aktes

Personen

In der Reihenfolge, wie sie im 3. Akt auftreten:

Petja, ungefähr 27 Jahre alt
Lily Karlowna Wolf
Rudolf Rudolfowitsch Wolf
Anastasja Petrowna Batuschkow
Der erste Mann, zwischen 30 und 40 Jahre alt
Der zweite Mann, zwischen 30 und 40 Jahre alt
Iwan Nikolajewitsch Zachedrynskij
General
Werwolf
1. Matrose, 20–25 Jahre alt
2. Matrose, 20–25 Jahre alt
Katharina die Große, 18–30 Jahre alt
Alexander Iwanowitsch Tschelsow
Matrjona Wasilewna Tschelsowa
Pjotr Alexejewitsch Sejkin
Tatjana Jakowlewna Borodin

Autorin des
»Liedes über den Kreuzer Warjag«
ist Jewgenija Studencka.

Dritter Akt

Architektur und Einrichtung der Bühne

Längs der gesamten Bühne das Ufer des Meeres.

Die Linie des Horizonts und die Linie des Ufers.

In der Mitte eine Kirche, oder eher das flache Modell einer Kirche. Das Modell ist am Rand des Ufers aufgestellt, parallel zu ihm, zentral im Verhältnis zu beiden Kulissen. Zwischen dem Modell und dem Rand des Ufers gibt es einen Durchgang, der für zwei nebeneinander gehende Personen ausreicht.

Die Fassade der Kirche ist ein Rechteck, sehr viel höher als breit. Über der Fassade drei Zwiebeltürme. Der mittlere Zwiebelturm ist größer und höher als die beiden seitlichen. Auf den Türmen orthodoxe, golden glänzende Kreuze. Die Kirche ist märchenhaft, grell bunt.

In dem Rechteck der Fassade der Ausschnitt eines Tors in der Form eines hohen Spitzbogens. Also ist die Gesamtheit der Fassade gleichzeitig ein Tor. In dem Torausschnitt die Linie des Horizonts und die Linie des Ufers. Das Meer, der Horizont und die Uferlinie erstrecken sich über die gesamte Länge der Bühne, sie sind nur durch die Kirche, das heißt durch die Kirche neben dem links und rechts ausgeschnittenen Tor unterbrochen, aber durch das Tor sind das Meer etc. wieder sichtbar.

Das Modell ist flach und das Tor hat keinerlei Tiefe. Links von der Kirche ein riesiger Vollmond. Die Nacht ist sehr hell. Die ganze Bühne ist von einem magisch intensiven, irrealen Mondlicht erleuchtet. Zerstreutes Silber.

Das Meer, helles Granatblau mit Silber unterzogen. Der Himmel dunkel saphirfarben. Das ganze Ufer ist weißlicher Stein, mit einer Nuance von hellem Granit.

Zwischen der Kirche und der rechten und linken Kulisse, ungefähr in der Hälfte der Entfernung zwischen dem Uferrand und der Bühnenrampe, parallel zur Uferlinie, zwei Bänke ohne Lehnen, eine links, eine rechts von der Kirche. Beide Bänke sind aus schwarzem Marmor.

Rechts von der linken Bank, in der Hälfte der Entfernung zwischen dieser Bank und der Kirche, aber näher dem Proszenium als beide Bänke, ein weiß lackierter klassischer Deck-Chair, in der Art eines Liegestuhls, einer Chaiselongue. Die Verlängerung der Chaiselongue ist ein niedriger, ebenfalls weiß lackierter Hocker. Zunächst einmal wird er als Fußschemel dienen.

Neben der Chaiselongue ein weißer, niedriger Tisch. Auf dem Tisch befinden sich folgende Gegenstände:

1) *Eine Flasche Coca-Cola King Size, d.h. doppelte Größe, ohne Verschluß.*
2) *Eine offene Zigarrenkiste*
3) *Ein goldenes Feuerzeug*
4) *Ein großer weißer Aschenbecher (eine große Porzellanschüssel)*
5) *Ein Feldstecher ohne Futteral, mit einem Riemen, um ihn um den Hals oder über die Schulter zu hängen.*

Der Vorhang geht hoch.

Auf der Chaiselongue ausgestreckt, sitzend, nicht liegend, mit den Beinen auf dem Fußschemel, ein junger Mann, gekleidet à la Idol aus der frühen Rock-'n'-Roll-Zeit, in glitzernden Gold- und Silberfarben.
Das Jackett muß so geschnitten sein, daß der Schauspieler die Ärmel bequem bis an die Ellbogen hochkrempeln kann. Es muß auch von oben nach unten aufgeschlitzt sein, nicht zugeknöpft oder leicht aufzuknöpfen.
Frisur à la Elvis Presley, sogenannter Entenschwanz. Und eine Locke über der Stirn, slawisches Blond. Schwarze Brille in einem weißen Plastikrahmen. An den Füßen modische barocke Adidas-Schuhe.
Er raucht eine dicke Zigarre und stößt in gleichmäßigen Zeitabständen rhythmische Rauchschwaden aus (Ringe, wenn der Schauspieler-Raucher das kann).
Auf der rechten Bank liegt jemand und schläft, seine Füße zur Kirche hin ausgestreckt. Der Kopf ist mit einer ausgebreiteten Zeitung bedeckt. (Die Zeitung mit kyrillischen Buchstaben bedruckt.) Man sieht die Beine in abgerissenen Filzstiefeln, wattierte Hosen und eine Wattejacke. Alles graubraun, erdfarben.
Pause.
Man hört ein Klatschen, wie ein Applaus, mal in kurzen, unregelmäßigen Abständen, dann wieder einzeln.
Pause.
Von rechts kommt langsam, im Spaziergängerschritt ein Paar alter Leute, in den Kostümen vom Jahre 1910. Sie sind elegant gekleidet, es sind Leute aus den höheren Sphä-

ren. Es sind Wolf und Lily Karlowna. Lily kommt von dem Proszenium her, an Wolfs linker Hand. Sie stützt Wolf am Arm und führt ihn, Wolf ist etwas gebrechlich. Er stützt sich auf einen Stock, denselben wie im 1. Akt.
Als sie immer mit demselben langsamen gleichmäßigen Schritt zu dem Mann auf der Chaiselongue gelangt sind, bleiben sie stehen.
Wolf zieht den Hut.

LILY Entschuldigen Sie, Gospodin...

Der junge Mann stößt eine Rauchschwade aus seiner Zigarre aus. Pause.

Entschuldigen Sie, Towarischtsch...

Der junge Mann stößt eine weitere Rauchschwade aus. Pause.

Do you speak English?
JUNGER MANN Sag Petja zu mir.
LILY Wie spät ist es?

Petja legt die Zigarre auf den Aschenbecher und krempelt den linken Ärmel bis zum Ellbogen hoch. Auf dem linken Unterarm hat er verschiedene Uhren an glitzernden Armbändern.
Die Uhren sind modern, Scuba-Diving, mit Druckmessern, Höhenmessern, Stoppuhren, Rechnern etc.
Er krempelt den linken Ärmel runter und den rechten

Ärmel bis zum Ellbogen hoch. Auch auf dem rechten Arm hat er einige Uhren an glänzenden Armbändern.
Er krempelt den rechten Ärmel runter und greift in eine Innentasche. Er zieht eine goldene altmodische Omega an einer goldenen Kette hervor, öffnet den Deckel der Omega.
Er schaut auf die Uhr.
Er schließt den Deckel der Omega, steckt die Uhr in die Innentasche.

PETJA Elf.
LILY Vielen Dank, bolschóje spassíbo, Mister.

Lily und Wolf gehen in demselben gleichmäßigen Spaziergängerschritt wie vorher ab.
Petja greift nach der Zigarre, stößt eine Qualmwolke aus.
Der Mann, der auf der Bank schläft, bewegt sich unruhig im Schlaf, raschelt mit der Zeitung auf dem Gesicht. Dann erstarrt er wieder und schläft weiter.
Man hört Applaus, einzeln und serienmäßig.
Von rechts kommt Anastasja Petrowna Batuschkowa als alte Frau. Sie ist ärmlich angezogen, mit einem Kopftuch, eine alte Frau aus dem Volk. Auf dem Rücken schleppt sie ein Bündel. Sie geht langsam nach links.
Als sie zu Petja gelangt, bleibt sie stehen. Sie nimmt das Bündel vom Rücken, schnürt es auf. Sie zieht einen Samowar aus dem Bündel, denselben, den sie im 1. Akt auf die Bühne gebracht hat.

ANASTASJA Wollen Sie den kaufen?

Petja schüttelt verneinend den Kopf und raucht weiter seine Zigarre.

Er ist echt.

Petja schüttelt verneinend den Kopf.

Nicht teuer.

Anastasja packt den Samowar in das Bündel. Sie schnürt es zusammen und wirft es sich über die Schulter. Sie geht langsam nach links und geht links ab.
Man hört Applaus, einzeln und serienmäßig.
Von links kommen zwei Männer, die eine zusammenklappbare Leiter tragen. Beide sind quadratisch, breitschultrig, sie sehen aus wie orthodoxe Bodyguards aus der Stalinzeit. Sie sind gleich angezogen, schwarze Anzüge, nach der Sowjetfasson in den frühen fünfziger Jahren. Breite, sackförmige Hosen, quadratische Zweireiher, weiße Hemden mit herabhängenden spitzen Kragen, breite Krawatten. Schwarze blankgeputzte Schuhe.
Petja beachtet sie nicht.
Sie kommen zur Kirche. Sie stellen die Leiter an die rechte Seite des Tors. Der erste steigt auf die Leiter, holt einen Hammer aus der Tasche und einen Nagel und beginnt den Nagel oben rechts in den Spitzbogen zu schlagen. Der zweite hält die Leiter fest.
Nach dem so und so vielten Hammerschlag beginnt der auf der Bank schlafende Mann aufzuwachen. Erst bewegt er sich unter der Zeitung, und als ein besonders lauter, energi-

scher Hammerschlag zu hören ist, setzt er sich mit einem Ruck auf, seine Füße immer noch auf der Bank ausgestreckt. Die Zeitung fällt ihm vom Gesicht. Es ist Iwan Nikolajewitsch Zachedrynskij.
Zachedrynskij ist deutlich gealtert. Nicht von seinem Alter her, weil er genau so alt ist wie im 1. und 2. Akt, d. h. er ist ungefähr 50 Jahre alt, aber von seinem Aussehen her. Er sieht älter als in den vorherigen Akten aus, weil er heruntergekommen ist. Sein Backenbart ist völlig weiß, ein grauer, schon einige Tage alter nicht rasierter Bartwuchs, lange, ungekämmte, ungepflegte, graue Haare.

ZACHEDRYNSKIJ *zu dem Mann auf der Leiter, wobei er einen Ton annimmt, mit dem man Hunde wegjagt* Wirst du wohl weggehen!

Der Mann auf der Leiter dreht sich zu Zachedrynskij um, mit dem Hammer in der Hand. Der Mann, der die Leiter hält, ist ebenfalls neugierig.
Petja stößt eine Rauchwolke aus, er ist uninteressiert.

Sie lassen einen nicht schlafen, die Hundesöhne.

Ohne sich zu beeilen, klettert der Mann mit dem Hammer in der Hand die Leiter herunter.
Zachedrynskij sitzt auf der Bank und stellt die Füße auf den Boden. Er schenkt den anderen schon keine Beachtung mehr.
Der erste ist von der Leiter heruntergekommen und nähert sich langsam Zachedrynskij. Der zweite folgt ihm.

Sie stellen sich vor Zachedrynskij hin, der sich streckt, gähnt und sich unter den Achseln kratzt, ohne sie zu beachten.

ERSTER MANN Kennst du ihn?

Der zweite Mann schüttelt verneinend den Kopf.

Dann muß man sich bekanntmachen. *Er tritt Zachedrynskij auf den Fuß.*

ZACHEDRYNSKIJ *steht langsam auf.* Was ist los?

ERSTER MANN Der Kollege wollte sich bekanntmachen.

ZACHEDRYNSKIJ Sag ihm, daß mir seine Fresse nicht gefällt.

ERSTER MANN *zum zweiten Mann* Hast du gehört?

ZWEITER MANN Nein, aber vielleicht kann er es wiederholen.

ERSTER MANN *zu Zachedrynskij* Der Kollege bittet um eine Wiederholung.

ZACHEDRYNSKIJ Sag ihm, daß ich keine Lust habe.

ERSTER MANN *gibt dem zweiten Mann den Hammer.* Willst du als erster?

Der zweite Mann nimmt den Hammer und nähert sich Zachedrynskij.
Petja legt die Zigarre fort und pfeift scharf auf zwei Fingern. Der erste und der zweite Mann wenden sich zu Petja um.

PETJA Na, kommt her!

Der erste und der zweite Mann kommen zu Petja.

Zeigt auf die Kirche. An die Arbeit.

Der erste und der zweite Mann sehen sich nach Zachedrynskij um.
Petja steht von der Chaiselongue auf.

An die Arbeit, habe ich gesagt.

Der erste und der zweite Mann kehren zur Leiter zurück.
Sie stellen die Leiter links an das Tor.
Petja macht lange und pedantisch die Zigarre aus.
Der erste Mann steigt auf die Leiter.
Der zweite gibt ihm den Hammer und hält die Leiter fest.
Der erste holt aus seiner Tasche einen Nagel heraus und schlägt ihn mit drei Hammerschlägen in der Höhe des ersten Nagels ein.
Petja zieht einen Kamm aus der Tasche und kämmt sich.
Der erste Mann beginnt, die Leiter hinunterzuklettern.
Petja steckt den Kamm in die Tasche und geht langsam Richtung Zachedrynskij.
Der erste Mann klettert wieder auf die Spitze der Leiter, um besser sehen zu können, was passiert.
Petja steht vor Zachedrynskij.
Pause.
Der zweite Mann steigt auf die Leiter, um besser sehen zu können.
Petja nimmt die schwarze Brille ab und steckt sie in die Tasche.

Petja sieht Zachedrynskij an und Zachedrynskij sieht Petja an.

ZACHEDRYNSKIJ *beginnt russisch zu singen, nicht laut*
Po sheljésnoj dorógje...
PETJA *fällt ein*
schol petúch krivonógij
ZACHEDRYNSKIJ *singt weiter, lauter*
A sa nim wosjemnádzat zeplját...
PETJA und ZACHEDRYNSKIJ *gemeinsam und lautstark, immer lebendiger*
On saschól w restauràntschik
Wypil wodki stakantschik,
A zypljátam stakántschik wodý.

PETJA *erfreut, seinen eigenen Augen nicht trauend* Onkel Wanja!

Er streckt die Arme aus, Zachedrynskij ebenfalls. Sie fallen sich in die Arme, umarmen sich, klopfen sich auf die Schultern.
Petja tritt einen Schritt zurück und sieht Zachedrynskij an, als könne er sich nicht sattsehen.

Wie kommen Sie, woher kommen Sie...
ZACHEDRYNSKIJ Aus dem Norden.
PETJA Und wir dachten schon...
ZACHEDRYNSKIJ Das habe ich auch gedacht.
PETJA Na, aber lebendig?!
ZACHEDRYNSKIJ Sieht so aus.

PETJA Gesund?
ZACHEDRYNSKIJ Damit sieht es schon schlechter aus.
PETJA Da wird sich Mama aber freuen!
ZACHEDRYNSKIJ *zeigt auf die beiden auf der Leiter.* Die beiden Kakerlaken da, sind das deine?
PETJA Normaler Abschaum.

Zachedrynskij dreht sich zu den beiden auf der Leiter um und beugt die rechte Hand im Ellbogen und mit der linken Hand schlägt er auf den rechten Bizeps.
Die beiden auf der Leiter tun so, als sähen sie nichts.

Komm, trinken wir auf die Begegnung.

Sie gehen nach links zum Tisch. Petja zieht den Schemel unter der Chaiselongue hervor, er wird jetzt nicht als Fußhocker dienen, sondern als Sitzplatz. Petja nimmt die Flasche Coca-Cola vom Tisch und bemerkt, daß die beiden auf der Leiter immer noch blöde zu ihnen herüberstarren.

Verschwindet!

Die beiden klettern schnell die Leiter herunter, stellen sich nebeneinander, salutieren vor Petja auf sowjetische Art und Weise, die Hand flach an der rechten Stirn, Hand und Schulter horizontal. Sie schlagen gleichzeitig die Hacken zusammen. Nachdem sie salutiert haben, legen sie die Leiter zusammen und tragen sie im Laufschritt links hinaus. Petja setzt sich auf den Schemel und gibt Zachedrynskij die Flasche Coca-Cola.

ZACHEDRYNSKIJ Was ist das?
PETJA Probier mal, Onkel.

Zachedrynskij trinkt aus der Flasche.

ZACHEDRYNSKIJ Sogar gut... Wieso gefärbt?

Er gibt Petja die Flasche zurück.

PETJA Halbe-halbe. *Er trinkt aus der Flasche.*
ZACHEDRYNSKIJ Und Klaren gibt es nicht?
PETJA Jetzt nicht mehr. Europa. *Er trinkt aus der Flasche.*
ZACHEDRYNSKIJ Ich verstehe, das kommt billiger.
PETJA Aber wieso billiger für mich?
ZACHEDRYNSKIJ In Europa muß es billiger sein.
PETJA Ich zeige dir was, Onkel.

Er stellt die Flasche auf den Tisch und zieht aus der Tasche einen ganzen Stoß Hundertdollarscheine heraus. Er nimmt ein Streichholz vom Tisch und zündet die Banknoten an.

ZACHEDRYNSKIJ *springt von der Chaiselongue hoch.* Petja!
PETJA Wot, mnje djengi! Das ist mir das Geld wert.

Beide beobachten die brennenden Banknoten. Petja mit Stolz, Zachedrynskij mit Grauen. Pause.

ZACHEDRYNSKIJ Wenn es wenigstens Rubel wären, aber Dollar!?

PETJA Rubel brennen besser, aber sie geben auch mehr Kohlenmonoxyd ab.
ZACHEDRYNSKIJ Aber... tut es dir nicht leid?
PETJA Ich habe genug davon.

Wenn Petja die brennenden Banknoten nicht mehr in der Hand halten kann, legt er sie auf den Aschenbecher. Im Aschenbecher brennen sie wie ein ewiges Feuer. Pause. Petja zerstreut die verlöschende Asche.

Alles vorbei.

Zachedrynskij setzt sich auf die Chaiselongue, immer noch unter dem Eindruck des finanziellen Autodafés.

ZACHEDRYNSKIJ Na na, Petja. Wer hätte gedacht, daß du, ein einfaches sowjetisches Kind...
PETJA Ich bin kein Kind mehr, Onkel.
ZACHEDRYNSKIJ Das ist wahr, die Zeit vergeht. Aber sowjetisch.
PETJA Und auch nicht mehr sowjetisch.
ZACHEDRYNSKIJ So sagt man, aber man kann schwer dran glauben.

Von rechts taucht am Rand des Ufers ein sowjetischer General ohne Kopf auf, von übernatürlicher Größe. Galauniform, ganze Reihen von Orden auf der Brust. Ein blutiger Streifen am Hals etwas oberhalb des Kragens, dort, wo er abgeschlagen wurde. Auf der gebeugten linken Schulter trägt er eine runde, aufgeplusterte Generals-

mütze. Er schreitet steif, ohne die Beine in den Knien zu beugen. Langsam und gleichmäßig bewegt er sich am Uferrand nach links. Petja und Zachedrynskij sehen ihn nicht, so als gäbe es ihn nicht. Der General existiert nur für das Publikum.
Während seiner ganzen Wanderung wird der General von einem entsprechenden Scheinwerfer geführt.
Man hört Applaus, erst einzeln, dann in kurzen Serien hintereinander.

Und das ist was?
PETJA Was?

Pause. Zachedrynskij horcht. Applaus, zweimal kurzes Klatschen.

Ach das. Sie schlagen sich die Fressen ein.
ZACHEDRYNSKIJ Wer wem?
PETJA Die einen den anderen.
ZACHEDRYNSKIJ Und warum schlagen sie sich die Fressen ein?
PETJA Weil jetzt Freiheit herrscht.
ZACHEDRYNSKIJ Das heißt, ich könnte jetzt auch jemandem die Fresse einschlagen?
PETJA Das kannst du, aber du bist zu schwach, Onkel.
ZACHEDRYNSKIJ Du hast recht, ich kann das nicht mehr.

Petja zieht die goldene Omega heraus, öffnet den Deckel und sieht auf die Uhr.

Hast du es eilig?

PETJA Es ist noch Zeit. *Er steckt die Omega ein.* Ich würde gern mit dir …

Von links kommen die beiden Männer und bleiben in gewisser Entfernung von Petja stehen, sie trauen sich nicht, näher zu kommen.

Was ist?

Der erste Mann nähert sich Petja, beugt sich über ihn und flüstert ihm was ins Ohr.
Petja steht auf.

Sei bitte nicht böse, Onkel, aber ich habe im Unternehmen was zu erledigen.

ZACHEDRYNSKIJ Geh nur, Junge, ich schlaf hier inzwischen ein bißchen.

Petja geht nach rechts ab, die zwei Männer ihm nach.
Zachedrynskij legt sich auf die Chaiselongue. Er schließt die Augen.
Von links kommen Lily und Wolf. Lily von der Seite des Proszeniums, an der rechten Hand von Wolf. Sie stützt Wolf am Arm und führt ihn. Sie gelangen an die linke Bank und setzen sich frontal zum Publikum, Lily zur rechten Hand von Wolf. Sie sehen vor sich hin.
Zachedrynskij öffnet die Augen, hebt den Kopf wie jemand, der eingeschlafen ist und nicht weiß, wo er sich befindet. Er sieht Lily und Wolf.

Er betrachtet sie eine Weile. Er erkennt sie. Er steht auf und nähert sich ihnen.

Liliana Karlowna! Was für eine Begegnung! *Zu Wolf, höflich, aber mit bedeutend weniger Enthusiasmus* Rudolf Rudolfowitsch ...

Lily steht auf. Wolf sieht vor sich hin.

LILY Schon?
ZACHEDRYNSKIJ Wir haben uns fünfzig Jahre nicht gesehen!
LILY Ist es schon Zeit?
ZACHEDRYNSKIJ Allerhöchste Zeit, Liliana Karlowna, fünfzig Jahre oder mehr!
LILY *zu Wolf* Rudi, es ist Zeit.

Wolf sieht vor sich hin.

Rüttelt ihn an der Schulter. Rudi!

Wolf sieht vor sich hin.

Zu Zachedrynskij Mein Mann hört nicht.
ZACHEDRYNSKIJ Das macht nichts.

Lily führt Wolf zu dem Kirchentor.

Wohin denn, Liliana Karlowna ...
LILY *bleibt gemeinsam mit Wolf stehen.* Mais ... Vous êtes du bateau ...

Pause.

ZACHEDRYNSKIJ Liliana Karlowna, Sie erkennen mich wohl nicht.

LILY *zu Wolf* Allons …

Sie führt Wolf ans Tor.
Zachedrynskij verstellt ihnen den Weg. Lily und Wolf bleiben stehen. Zachedrynskij nimmt Lily an der Hand.

ZACHEDRYNSKIJ Versuchen wir das aufzuklären.

Zachedrynskij führt Lily zurück zur Bank und damit auch Wolf, den Lily weiter am Arm stützt.
Sie setzen sich alle drei frontal zum Publikum. Lily in der Mitte, Zachedrynskij zur Linken von Lily.

Sie sind Lily Karlowna Wolf, aus Swetlow.

LILY Das ist meine Enkelin.

ZACHEDRYNSKIJ Schauspielerin, nicht wahr?

LILY Sie war Schauspielerin.

ZACHEDRYNSKIJ Stimmt. Und Ihr Mann ist Rudolf Rudolfowitsch Wolf.

LILY Osterman.

ZACHEDRYNSKIJ Eisenbahningenieur.

LILY Graf Osterman.

ZACHEDRYNSKIJ Der Abstammung nach Deutscher. Stimmt es?

LILY Er ist in Westphalen geboren, aber trat in die Dienste des Zaren.

ZACHEDRYNSKIJ Genau. Und hat das All-Russische Trans-System gebaut. Ist es nicht so?
LILY Er war Minister unter Peter dem Großen.
ZACHEDRYNSKIJ Welchem Peter?
LILY Dem Großen.

Pause. Zachedrynskij wendet den Kopf von Lily ab und schaut vor sich hin.

ZACHEDRYNSKIJ Nein, irgendwas stimmt hier nicht.

Währenddessen hat der Sowjetische General die linke Kulisse erreicht – zwischendurch in dem Tor erscheinend – und verschwindet in ihr. Wenn er noch nicht verschwunden sein sollte, dann verschwindet er sogleich. Das hängt von der Länge der Szene und dem Tempo seiner Wanderung ab.
Hoch am Himmel über dem Uferrand taucht links der Kopf eines Popen in natürlicher Größe auf. Ein hoher zylindrischer Hut des orthodoxen Popen, lange Haare, ein Bart. Der Hals ist unten, dort wo er abgeschlagen wurde, von einer roten Umrandung umgeben. Er schiebt sich im Profil sehr langsam und gleichmäßig nach rechts.
Ähnlich wie beim General vorher wird sein Kopf von einem entsprechenden Scheinwerfer geführt.
Zachedrynskij, Liliana und Wolf sehen alle drei vor sich hin. Pause.

Wendet sich an Lily Und an mich erinnern Sie sich?
LILY *wendet sich an Zachedrynskij* Oui, mon Capitaine.

ZACHEDRYNSKIJ *sieht wieder vor sich hin.* Ich war nie in der Armee.

LILY Wann nehmen Sie uns mit?

ZACHEDRYNSKIJ *wendet sich zu Lily* Wohin?

LILY Nach Konstantinopel.

ZACHEDRYNSKIJ *sieht wieder vor sich hin.* Das wird ja immer besser.

LILY Sie können uns hier nicht zurücklassen.

ZACHEDRYNSKIJ Warum nicht?

LILY Und das sagen Sie?!

ZACHEDRYNSKIJ Wenn wir uns nicht kennen...

LILY Mein Mann heißt...

ZACHEDRYNSKIJ Ich weiß, Graf Osterman. Aber ich kenne ihn nicht.

LILY Sie glauben mir nicht?

ZACHEDRYNSKIJ Ich kenne nur Liliana Karlowna.

LILY General Wrangel kann für uns bürgen.

ZACHEDRYNSKIJ *wendet sich an Lily* Aber der lebt doch nicht mehr!

LILY Monsieur! General Wrangel ist unser bester Freund.

ZACHEDRYNSKIJ Das ist unmöglich!

LILY Monsieur! Ich verstehe, daß Sie als Franzose den russischen Autoritäten nicht unterstehen. Aber als Offizier sollten Sie dem Wort eines russischen Generals glauben.

ZACHEDRYNSKIJ Offizier? Franzose?

LILY Und ein Gentleman, denke ich.

ZACHEDRYNSKIJ Aber ich bin doch Russe!

LILY Monsieur, ich vertraue darauf, daß die Ehre der französischen Kriegsmarine es Ihnen nicht gestattet, zwei wehrlose alte Menschen den Mördern zum Fraß zu überlassen.

ZACHEDRYNSKIJ Was schon wieder für Mörder!

LILY Verstehen Sie denn nicht? Oder wollen Sie nicht verstehen. Oder vielleicht ... Aber das ist unmöglich.

ZACHEDRYNSKIJ *sieht wieder vor sich hin.* Vielleicht ist alles möglich.

LILY Ja ist es denn möglich, daß ein Offizier, ein Franzose und ein Gentleman ein Bolschewik wäre?

ZACHEDRYNSKIJ *zu sich* Ja, alles ist möglich.

LILY *steht auf.* Monsieur!

ZACHEDRYNSKIJ *springt von der Bank auf.* Nein, nein! Sie haben mich falsch verstanden, Sie haben recht, das ist tatsächlich unmöglich! Ich habe gescherzt, das war nur ein Scherz, ein grober Scherz, das gestehe ich, aber wir, die Seeleute, werden auf dem Meer abgehärtet. Und wir Franzosen geben alles hin für ein einziges bon mot. Selbst wenn es nicht bon ist. Verzeihen Sie mir, Madame, natürlich erlaubt es mir meine Ehre nicht.

Er küßt Lily galant die Hand.

LILY Also kann ich mich auf Sie verlassen?

ZACHEDRYNSKIJ Ich werde sehen, was sich machen läßt. Aber zunächst einmal ... Erlauben Sie, daß ich mich entferne.

Von rechts hört man eine Maschinengewehrsalve.

Der Kampf ruft!

Er entfernt sich schnell nach rechts.
Lily setzt sich wie vorher neben Wolf. Beide starren unbeweglich vor sich hin.
Von rechts kommt Petja, hinter ihm die beiden Männer. Petja trägt eine AK-47, *d. h. eine Kalaschnikow, einen populären automatischen Karabiner sowjetischer und postsowjetischer Produktion.*

PETJA Erledigt.

Er gibt die AK-47 *dem ersten Mann, der erste nimmt die* AK-47 *aus Petjas Händen ehrerbietig an, wie ein Butler, der einen Schirm aus den Händen seines aristokratischen Arbeitgebers annimmt.*
Petja streckt sich auf der Chaiselongue aus und trinkt »Halbe-halbe«, d. h. Coca-Cola mit Spiritus.
Der erste und der zweite Mann gehen nach links ab. Zachedrynskij setzt sich auf den Schemel.

Zwischen einem Schluck »Halbe-halbe« und dem nächsten Was gibt es bei dir, Onkel?
ZACHEDRYNSKIJ Ich habe mich mit den Herrschaften unterhalten ... *Er zeigt auf Lily und Wolf.* Kennst du sie?

Petja dreht sich um und sieht Lily und Wolf an, die unbeweglich da sitzen. Kurze Pause.

PETJA *kehrt zum »Halbe-halbe« zurück.* Nein.
ZACHEDRYNSKIJ Sie sagen, sie seien schon lange da.
PETJA Vielleicht sind sie das auch.

ZACHEDRYNSKIJ Und du weißt nicht, was das für Leute sind?

PETJA Hier laufen verschiedene rum.

Pause.

Inzwischen ist der Kopf des Popen durch die Mondscheibe geflogen, als nächstes über die Kuppeln der Kirche und verschwindet allmählich nach rechts. Wenn er noch nicht verschwunden ist, dann verschwindet er sehr bald.

Von links kommt am Uferrand ein Werwolf übernatürlicher Größe herein, das heißt der Kopf eines Werwolfs und der Rumpf eines Mannes. Der Rumpf trägt einen Frack mit einer weißen Chemisette und einer Fliege. Er schiebt einen schwarzen Kinderwagen vor sich her, ein altmodisches Modell auf hohen Fahrradrädern, mit einem jetzt heruntergelassenen Verdeck. Aus dem Kinderwagen guckt ein Gänsekopf auf einem langen Gänsehals heraus, mit dem Schnabel zum Werwolf gekehrt.

Sehr langsam schreitend bewegt sich der Werwolf mit dem Kinderwagen und der Gans gleichmäßig nach rechts. Ähnlich wie vorher der Sowjetische General und der Kopf des Popen wird er von einem entsprechenden Scheinwerfer begleitet.

ZACHEDRYNSKIJ Petja …

PETJA Was?

ZACHEDRYNSKIJ Ist das wahr, daß hier irgendein Schiff ankommen soll?

Petja erstarrt mit der Flasche »Halbe-halbe« an den Lippen. Pause. Petja stellt die Flasche auf den Tisch.

PETJA Woher weißt du das, Onkel?

Zachedrynskij weist mit einer Bewegung seines Kinns auf Lily und Wolf, die unbeweglich auf der Bank sitzen.
Petja dreht sich zu Lily und Wolf um und betrachtet sie.
Pause.
Petja kehrt wieder in seine vorherige Position zurück.

Natürlich.
ZACHEDRYNSKIJ Was ist das für ein Schiff?

Pause.

PETJA Gut, aber das bleibt unter uns.
ZACHEDRYNSKIJ Keine Angst, Familie bleibt Familie.
PETJA Aus Amerika.

Zachedrynskij gibt einen leisen Pfiff von sich im Sinne von »Na, da hat er aber hoch gereizt«.

Hast du von der heiligen Apalagia gehört?
ZACHEDRYNSKIJ Ich kenne mich mit den Heiligenleben nicht gut aus.
PETJA Sie ist keine Heilige, sie nennt sich nur so.
ZACHEDRYNSKIJ Und wieso, wenn sie keine Heilige ist?
PETJA Das ist jetzt so eine Mode, als Reklame. Sie ist eine Künstlerin.

ZACHEDRYNSKIJ Das heißt, eine Nutte.

PETJA Sicher eine Nutte, aber jetzt sind die Nutten – Künstlerinnen. Nicht so wie zu deinen Zeiten, Onkel.

ZACHEDRYNSKIJ Was willst du, Petja, ich komme nicht mehr nach.

PETJA Naja, und die kommt jetzt zu uns, und ich warte eben auf sie.

ZACHEDRYNSKIJ *springt auf.* Zu uns?!

PETJA Zu uns. Was hast du, Onkel?

ZACHEDRYNSKIJ *so erfreut, daß er fast ungläubig sagt* Nach Rußland?!

PETJA Nach Rußland. Warum wundert dich das so, Onkel?

ZACHEDRYNSKIJ Weil das heißt, daß bei uns alles gut ist!

PETJA Bei uns? Du bist wohl verrückt geworden, Onkel.

ZACHEDRYNSKIJ Petja! Du weißt selbst nicht, was du sagst! Endlich, nach so vielen Jahrhunderten!

PETJA Beruhige dich, Onkel, du kriegst noch einen Herzschlag.

ZACHEDRYNSKIJ Vor Freude, Petja, vor Freude. Unser Vaterland hat das Morgenrot erlebt und ich bin ein Patriot.

PETJA Was für ein Morgenrot, was redest du für einen Unsinn, Onkel.

ZACHEDRYNSKIJ Petja, ich habe im Norden mit einem Ökonomen im Lager gesessen. Und wir roden so zusammen den Wald, unter Bewachung natürlich, und er sagt zu mir: »Iwan Nikolajewitsch, wissen Sie, wann bei uns alles gut sein wird?« Wann denn, sage ich darauf. »Wenn die Huren aus dem Ausland anfangen zu uns zu kommen. Das ist in der Ökonomie ein untrügliches Zeichen. Keinerlei Marxe oder Friedmanns, das ist alles Spreu. Aber wenn die ausländischen Huren anfangen, nach Rußland zu flattern, dann heißt das, daß die Ökonomie auf festen Beinen steht. Sie wissen am besten, wo es gut ist, das sage ich euch.« Und das war ein gebildeter Mann.

Pause.

Freust du dich nicht?

PETJA Sie kommt nicht als Import.

ZACHEDRYNSKIJ Aber sie kommt!

PETJA Sie kommt wegen unserer Huren. Zum Export.

Pause.

ZACHEDRYNSKIJ Na da hat sich der Mensch umsonst gefreut.

PETJA Sie hat in Amerika ein großes Bordell, und da gibt es nie zu viele Huren. Na und da exportieren wir sie halt von uns nach Amerika.

ZACHEDRYNSKIJ Wer exportiert?

PETJA Ich mit ihr, wir gemeinsam.

ZACHEDRYNSKIJ Ich habe nicht gewußt, daß du solche Geschäfte machst.

PETJA Ich habe das Monopol. Grischa hat den Kaviar übernommen, Mischa das Erdöl und ich die Hurenindustrie.

ZACHEDRYNSKIJ Teufelskerl!

Von links kommt Anastasja Petrowna mit dem Bündel. Sie geht zu Petja, legt das Bündel auf den Boden. Sie wickelt das Bündel aus und zieht den Samowar heraus.

PETJA *zu Anastasja* Ich habe doch schon nein gesagt.

Anastasja geht mit dem Samowar zu Zachedrynskij.

ZACHEDRYNSKIJ Ist das nicht zufällig Anastasja Petrowna?
ANASASJA Doch, ich bin's.
ZACHEDRYNSKIJ Und mich erkennen Sie nicht?

Anastasja schaut sich Zachedrynskij an.

ANASTASJA Mir scheint so...

Pause.

ZACHEDRYNSKIJ Na, wer bin ich?
ANASTASJA Mein Mann, Batschow.

Pause.

ZACHEDRYNSKIJ Bitte nicht beleidigt sein, Anastasja Petrowna, aber... sind Sie lebendig?
ANASTASJA Wer soll das wissen...
ZACHEDRYNSKIJ Und ich... bin ich lebendig? Was meinen Sie?
ANASTASJA Was weiß ich...

ZACHEDRYNSKIJ Weil, ich weiß das selber nicht mehr. Ich dachte, Sie würden mir das sagen.

ANASTASJA Ich bin nicht gebildet.

ZACHEDRYNSKIJ Aber was denken Sie?

Pause.

ANASTASJA Am besten, man kneift sich. Wenn es weh tut, dann heißt das, daß Sie lebendig sind.

ZACHEDRYNSKIJ Mir tut es auch ohne Kneifen weh.

ANASTASJA Und was tut Ihnen weh?

ZACHEDRYNSKIJ Die Seele.

ANASTASJA Ach, wenn es die Seele ist, weiß man auch nicht genau Bescheid.

ZACHEDRYNSKIJ Geht mit Gott, Großmütterchen.

ANASTASJA *schiebt ihm den Samowar hin.* Kaufen Sie?

ZACHEDRYNSKIJ Ich kann nicht, denn vielleicht lebe ich ja gar nicht mehr.

ANASTASJA Ah, ja, dann lieber nicht.

Sie steckt den Samowar in das Bündel, schnürt das Bündel zu, geht zur Bank auf der rechten Seite. Sie setzt sich frontal zum Publikum auf die Bank.
Petja zieht seine Uhr heraus, sieht auf die Uhr.

PETJA Sie sollte bald da sein.

ZACHEDRYNSKIJ Irgendwie scheint es mir so, als ob alle auf sie warten.

Pause.

Petja, wie heißt ihr Schiff?

PETJA »Leviatan«.

Petja steckt die Omega in die Tasche.

Wenn sich nur das Wetter nicht verschlechtert.

Petja nimmt den Feldstecher vom Tisch, steht von der Chaiselongue auf, geht zum Tor und sieht durch den Feldstecher auf das Meer.
Von rechts kommen Matrjona Wasilewna Tschelsowa und Alexander Iwanowitsch Tschelsow. Sie sind genau so alt wie im 1. Akt, d.h. beide sind etwa 45 Jahre alt.
Die Tschelsowa hat eine weiße Jacke an mit sehr weiten, quadratischen Ärmeln, einen weißen, engen Minirock und weiße Plastikschuhe mit hohen Absätzen. Afro-Frisur. In der Hand eine weiße Plastiktasche.
Tschelsow hat ein kurzärmeliges gelbes Hemd an mit roten Palmen und grünen Schmetterlingen drauf. Lange Haare, die nach hinten gekämmt und zu einem Pferdeschwanz zusammengebunden sind. Bermuda Shorts und Adidas-Schuhe. Weiße Tennissocken.
Die Tschelsowa geht voran, Tschelsow folgt ihr mit zwei Koffern.
Die Tschelsowa und Tschelsow bleiben stehen.
Die Tschelsowa nähert sich Zachedrynskij.

TSCHELSOWA Fährt man von hier aus nach Amerika?

ZACHEDRYNSKIJ Nein.

Tschelsow stellt die Koffer auf den Boden.

TSCHELSOWA *wendet sich an Tschelsow* Hier.

Tschelsow hebt die Koffer wieder an.

Die Tschelsowa geht zur Chaiselongue und setzt sich bequem auf die Chaiselongue.

ZACHEDRYNSKIJ Wenn ich doch sage, daß es nicht hier ist...

Die Tschelsowa greift nach der Coca-Cola-Flasche und nimmt einen Schluck aus der Flasche.

Ich werde ja wohl wissen, was ich sage.

Tschelsow stellt die Koffer auf den Boden.
Die Tschelsowa hält, vom Inhalt der Flasche überrascht – sie hatte nur Coca-Cola erwartet – die Flasche an die Nase und riecht dran.

Ich habe das ja wohl deutlich gesagt.

Die Tschelsowa nimmt ein paar kräftige Schlucke aus der Flasche.

Soll ich das wiederholen?

Die Tschelsowa stellt die Flasche vor sich auf den Tisch.

TSCHELSOWA Aljoscha!

Tschelsow hebt die Koffer an.
Zachedrynskij nimmt die Flasche an sich und stellt sie demonstrativ so weit wie möglich von der Tschelsowa weg, direkt an die Tischkante.

Komm her.

Tschelsow nähert sich der Tschelsowa und Zachedrynskij. Er steht mit den Koffern in der Hand da.

Setz dich.

Tschelsow sieht sich um, worauf er sich setzen könnte.
Zachedrynskij steht vom Schemel auf.

ZACHEDRYNSKIJ *zur Tschelsowa* Also zum letzten Mal...
TSCHELSOWA *befehlend* Aljoscha... *Sie zeigt auf den Schemel.*

Tschelsow stellt die Koffer ab und setzt sich auf den Rand des Schemels.
Zachedrynskij steht da.
Die Tschelsowa greift nach der Flasche und nimmt einen Schluck.
Pause.
Zachedrynskij dreht sich um, geht aufs Proszenium rechts. Er steht auf dem Proszenium mit dem Rücken zu der Tschelsowa und Tschelsow.

Die Tschelsowa stellt die Flasche auf den Tisch.
Pause.
Tschelsow greift nach der Flasche.
Die Tschelsowa gibt ihm einen Klaps auf das Handgelenk.
Tschelsow zieht seine Hand zurück.
Die Tschelsowa zieht Wolle und Stricknadeln aus der Tasche und beginnt zu stricken.
Pause.
Tschelsow erhebt sich vom Schemel.

Wohin willst du?
TSCHELSOW Ich komme gleich zurück.
TSCHELSOWA Geh nur nicht zu weit weg.

Tschelsow geht zu Zachedrynskij.

TSCHELSOW *flüsternd* Iwan Nikolajewitsch …
ZACHEDRYNSKIJ *wendet sich um.* Sind Sie es, Alexander Iwanowitsch?
TSCHELSOW *sieht sich nach der Tschelsowa um.* Ich bin es, aber reden wir leiser.
ZACHEDRYNSKIJ Ich habe Sie in dieser Aufmachung nicht erkannt.
TSCHELSOW Veränderungen, große Veränderungen. Wir wollen jetzt nach Amerika.
ZACHEDRYNSKIJ Nach Amerika? Aber wozu?
TSCHELSOW Was heißt wozu. Nach Amerika wozu!?
ZACHEDRYNSKIJ Sie waren doch, das versteh ich noch, mal ein Kaufmann. Aber Matrjona Wasilewna?
TSCHELSOW Hoho, na die erst recht!

ZACHEDRYNSKIJ Und was wird sie in Amerika machen?
TSCHELSOW Sie wird Professorin.
ZACHEDRYNSKIJ Was für eine Professorin?
TSCHELSOW An der Universität.
ZACHEDRYNSKIJ Professorin für was!?
TSCHELSOW Für Kunst oder für Literatur, das hängt noch davon ab...
ZACHEDRYNSKIJ Von was hängt das ab?
TSCHELSOW Davon, wo sie mehr bezahlen. Sie ist da berühmt, sie wollen sie an allen Universitäten.
TSCHELSOWA Aljoscha!
TSCHELSOW Gleich, Matrjuschka.
TSCHELSOWA Was macht ihr da so im Abseits?
TSCHELSOW Wir reden über das Schulwesen.
TSCHELSOWA Nur nicht zu lange.
TSCHELSOW Ich komme gleich zurück, Matrjuschka.
ZACHEDRYNSKIJ Na gut, das betrifft sie. Und was machen Sie in dem Fall?
TSCHELSOW Ich werde ihr Assistent.

Petja hört auf, durch den Feldstecher auf das Meer zu schauen, und geht zur Chaiselongue.
Die Tschelsowa steht auf.

TSCHELSOWA Aljoscha, dauert es noch lange?
TSCHELSOW Ich muß jetzt gehen.

Die Tschelsowa macht ein paar Schritte in Richtung Tschelsow und Zachedrynskij.

Auf Wiedersehen, Iwan Nikolajewitsch.

Petja legt den Feldstecher auf den Tisch und setzt sich auf die Chaiselongue, hinter dem Rücken der Tschelsowa.
Tschelsow kehrt zur Tschelsowa zurück.
Die Tschelsowa dreht sich um und sieht, daß Petja auf der Chaiselongue sitzt.

TSCHELSOWA Aljoscha! Er hat meinen Platz eingenommen!

Tschelsow geht auf Petja zu. Er stellt sich vor ihm auf.
Petja lüftet die linke Seite seiner glitzernden Jacke und zeigt Tschelsow einen Revolver Magnum Smith 357, Smith & Wesson, der im Futter steckt.
Pause.
Tschelsow wendet sich von Petja ab und nimmt die Koffer auf. Er geht mit den Koffern zur Bank auf der rechten Seite.

Aljoscha!
TSCHELSOW Ein andermal.

Die Tschelsowa folgt Tschelsow.
Anastasja rückt an den rechten Rand der Bank, um ihnen Platz auf der Bank zu machen.
Tschelsow und die Tschelsowa setzen sich frontal zum Publikum auf die Bank.
Zachedrynskij kommt zu Petja und setzt sich auf den Schemel.

PETJA Es ist schlimm.
ZACHEDRYNSKIJ Wieso?
PETJA Nebel.

Von links kommen die beiden Männer. Der erste trägt eine USA-Fahne ohne Stange, der zweite die Leiter.
Der zweite stellt die Leiter auf die rechte Seite des Tors, der erste klettert auf die Leiter und hängt die USA-Flagge an den oberen rechten Nagel. Er klettert die Leiter herunter. Der zweite stellt die Leiter nach links. Der erste klettert auf die Leiter. Der zweite reicht ihm die linke Seite der Fahne, die der erste an dem Nagel befestigt.
Die Fahne der USA wird quer über dem Tor angebracht. Der erste klettert die Leiter herunter. Sie legen die Leiter zusammen und tragen sie nach links.
Von rechts, zunächst entfernt, dann immer näher kommend hört man die Melodie und das Lied über den »Kreuzer Warjag« von zwei Männerstimmen gesungen.

An Deck, Genossen! Alles an seinen Platz!
Die letzte Parade begonnen!
Vorm Feind schützen wir unsere stolze »Warjag«
er wird sie niemals bekommen!

Die Wimpel wehen, die Ketten rasseln,
wir holen den Anker ein.
Nun auf in den Kampf, zu den Waffen
die funkeln drohend im Sonnenschein.

Es blitzt und donnert und kracht ringsumher,
Kanonen- und Granatengeheule
und es wurde unser stolzes, mutiges Schiff
für uns zur finstersten Hölle.

Von rechts kommen, singend und ein wenig torkelnd, zwei Matrosen der Schwarzmeerflotte von 1905. Runde Seemannsmützen, gestreifte Hemden. Einer von ihnen spielt auf der Harmonika, der zweite hat seinen Arm um ihn gelegt.

1. MATROSE *der ohne Harmonika.* Wo ist hier der Panzerkreuzer »Potemkin«?

PETJA Und wozu braucht ihr ihn?

1. MATROSE Wir sind vom »Potemkin«.

PETJA Hier ist er nicht. Kommt her, dawaj, kommt her.

1. MATROSE Was heißt: hier ist er nicht. Uns hat Eisenstein gesagt...

PETJA Was wollt ihr mit diesen Juden? Seid ihr Schwarzmeerleute oder Schabbatgojim?

1. MATROSE Wir?! *Zum Kameraden mit der Harmonika* Zuschlagen.

PETJA Ich weiß nicht, was er euch gesagt hat. Ich sage euch, hier gibt es keinen »Potemkin«. Hier ist ein Bordell.

1. MATROSE *zum Kameraden, erfreut* Fedja! Wir bleiben!

Sie gehen zur rechten Bank.

Rückt mal ein Stück, Ömchen.

Anastasja rückt nach links und macht Platz für sie.
Die Matrosen setzen sich neben Anastasja Petrowna auf die Bank, frontal zum Publikum.
Jetzt sitzen von links nach rechts auf der Bank: Tschelsow, die Tschelsowa, Anastasja, der 1. und 2. Matrose.
Inzwischen ist der Werwolf mit dem Wagen und der Gans nach rechts verschwunden. Von links taucht am Uferrand die junge Katharina die Große in Krone und Krönungstracht auf.
Katharina die Große hat ihre natürliche Größe, das heißt, die Schauspielerin hat ihre natürliche Größe, obwohl sie groß sein sollte. Das Krönungskostüm, dessen Modell das Portrait von Katharina in der Ermitage in Petersburg ist, vergrößert die Ausmaße der Schauspielerin beträchtlich, was ein erwünschter Effekt ist. Dieser Effekt kann durch hohe Schuhe noch verstärkt werden. Auch die riesige Schleppe dieser Krönungstracht ist ein erwünschter Effekt, besonders da wir diese Gestalt im Profil sehen werden.
Die Schauspielerin spielt diese Gestalt in einer entsprechenden Maske, vor allem um die Unbeweglichkeit des Gesichts und den hieratischen Eindruck der Gestalt zu bewahren.
In demselben Tempo wie vorher der Sowjetische General, der Kopf des Popen und der Werwolf geht jetzt Katharina auf dem Uferrand nach rechts. Genauso wie die anderen Gespenster wird sie von einem Scheinwerfer begleitet.

PETJA Was willst du jetzt machen, Onkel?
ZACHEDRYNSKIJ Was weiß ich? Ich gehe wohl in die Taiga zurück.

Fedja beginnt auf seiner Harmonika leise »Ruhmreiches Meer, heiliger Bajkal« zu spielen.

PETJA In die Taiga? Aber der bist du doch gerade erst entkommen!

ZACHEDRYNSKIJ Aber jetzt als freier Mensch. Hier habe ich nichts zu tun, Petja. Es hat sich alles verändert, und es gefällt mir nicht.

PETJA Die Taiga gibt es nicht mehr.

ZACHEDRYNSKIJ Wieso gibt es keine Taiga mehr, was redest du da, Junge?

PETJA Kolja hat sie abgeholzt.

ZACHEDRYNSKIJ Was für ein Kolja?

PETJA Mein Kumpel Kolja hat sie abgeholzt und an die Japaner verkauft.

ZACHEDRYNSKIJ Was sagst du da? Die ganze Taiga? Früher haben sie es kaum geschafft, einen Kirschgarten abzuholzen, und jetzt die ganze Taiga ... Na, na ...

Pause.
Katharina die Große erscheint im Profil im Licht des Tors.
Fedja spielt »Bublitschki« auf der Harmonika.
Katharina die Große bleibt stehen und wendet sich frontal zum Publikum. Sie geht nach vorn. Sie steht im Tor. Eine kurze Pause, in der Fedja »Bublitschki« schneller spielt.
Mit beiden Händen reißt Katharina die Große das Krönungskleid auf. Unter dem Kleid ist sie nackt. Nur an der strategischsten Stelle eine große Sonnenblume.
Sie steht einige Sekunden unbeweglich da.
Sie schließt das Krönungskleid.

Kehrtwendung zurück, das heißt, sie geht nach vorn, das heißt, sie kehrt zur Uferlinie zurück. Kehrtwendung nach rechts. Sie geht am Ufer entlang nach rechts.
Alle Bewegungen und Positionsänderungen sind genau berechnet. Sie geht wie ein Automat, mit einer toten, starren Gesichtsmaske.
Fedja spielt »Bublitschki« leiser.
Tschelsow steht von der Bank auf, legt einen der Koffer flach auf den Boden, öffnet ihn und nimmt ein in Papier eingewickeltes Schinkensandwich heraus. Er setzt sich wieder auf die Bank, wickelt das Sandwich aus, legt das Papier auf die Knie und beginnt zu essen. Der Koffer bleibt geöffnet.

PETJA Vielleicht möchtest du nach Amerika, Onkel? Ich erledige das für dich.
ZACHEDRYNSKIJ Als Hure?
PETJA Na, vielleicht nicht unbedingt.
ZACHEDRYNSKIJ Ich bin schon zu alt dafür. Und Huren hatte ich genug. Jetzt ist es an der Zeit auszuruhen.

Fedja intoniert leise »Unhörbar der Lärm der Stadt« (»Ne slyschno schuma gorodskogo«). Der 1. Matrose hebt die von Zachedrynskij auf dem Boden liegen gelassene Zeitung auf.
Katharina die Große setzt ihre Wanderung zur rechten Kulisse weiter fort.
Von links kommen die beiden Männer. Jeder von ihnen trägt einen roten Rosenstrauß.
Sie nehmen die Plätze zu beiden Seiten des Tores ein, einer rechts, der andere links.

Sie stehen unbeweglich wie Wächter, jeder hält seinen Strauß vor sich hin.

1. MATROSE *liest die Zeitung* Fedja! Die Polen haben Kiew besetzt.

2. MATROSE Kiew gehört uns sowieso nicht mehr.

Katharina die Große verschwindet nach rechts.
In der Ferne hört man drei Mal das Signal einer Schiffssirene.

PETJA *steht von der Chaiselongue auf.* Es kommt!

Er zieht einen Kamm aus der Tasche und kämmt sich.
Zachedrynskij steht auf.
Petja steckt den Kamm in die Tasche und nimmt den Feldstecher vom Tisch. Er sieht durch den Feldstecher auf das Meer.
Die Tschelsowa steht auf und dreht sich zum Tor um.
Tschelsow hört auf, sein Sandwich zu essen, wickelt es wieder in das Papier ein und legt das Sandwich in den offenen Koffer. Er klappt den Koffer zu.
Die Tschelsowa bleibt stehen und wartet auf ihn.
Lily steht auf und hilft Wolf aufzustehen. Sie führt ihn zum Tor.
Tschelsow kann den Koffer nicht schließen. Kniend müht er sich mit den Schlössern ab.

TSCHELSOWA Aljoscha!

Tschelsow setzt sich auf den Koffer und versucht so, ihn zu schließen. Umsonst.
Lily und Wolf, wobei Lily Wolf am Arm führt, kommen an der Tschelsowa vorbei. Also überholen sie die Tschelsowa auf dem Weg zum Tor zu deren Mißvergnügen, obwohl sie langsam gehen.

Aljoscha!

Tschelsow macht den Koffer wieder auf, nimmt das Sandwich heraus, wickelt es aus dem Papier, steckt das Papier in den Koffer und das Sandwich sich in den Mund.
Lily und Wolf gehen durch das Tor zwischen den beiden unbeweglich ihre Blumen präsentierenden Männern hindurch und kommen an den Rand des Ufers.
Tschelsow schließt den Koffer, der sich jetzt leicht schließen läßt. Er nimmt beide Koffer.
Die Tschelsowa dreht sich nach ihm um, geht zum Tor, Tschelsow folgt ihr mit den Koffern.
Lily und Wolf gehen die Treppen hinunter, also auf Treppen, die für den Zuschauer unsichtbar sind. Damit verschwinden sie allmählich, dann ganz und gar.
Die Tschelsowa geht durch das Tor und zum Ufer hinunter.
Tschelsow folgt ihr mit zwei Koffern in den Händen und dem Sandwich zwischen den Zähnen.
Die Tschelsowa verschwindet.
Tschelsow verschwindet.
Lily und Wolf, die Tschelsowa und Tschelsow sind verschwunden.

Die Matrosen, benebelt vom Alkohol, haben jede Tätigkeit eingestellt. Der 1. Matrose hat aufgehört, die Zeitung zu lesen, die ihm aus den Händen und auf den Boden gefallen ist. Der 2. Matrose hat aufgehört, auf der Harmonika zu spielen. Aneinander gelehnt sitzen sie dösend auf der Bank.

Petja nähert sich dem Tor und sieht durch den Feldstecher auf das Meer.

Anastasja Petrowna steht von der Bank auf und geht mit dem Bündel auf der Schulter zu Zachedrynskij.

ANASTASJA Was geben die hier?

ZACHEDRYNSKIJ Nichts, Großmutter.

ANASTASJA Früher, als es nichts gab, da haben sie alles gegeben, aber jetzt, wo es alles gibt, geben sie nichts.

ZACHEDRYNSKIJ Hier geben sie nichts, weil sie hier nach Amerika fahren.

ANASTASJA Ah, dann werde ich auch fahren.

Sie geht zum Tor, dann durch das Tor zwischen den beiden Männern hindurch, runter zum Meer und verschwindet.

PETJA *sieht durch seinen Feldstecher zum Meer.* Verdammt!

ZACHEDRYNSKIJ Was ist passiert?

PETJA Nebel!

Petja sieht durch den Feldstecher auf das Meer, Zachedrynskij sieht Petja an, der mit dem Rücken zum Publikum steht. Langsam fällt ein Vorhang zwischen Petja und

Zachedrynskij. Der Vorhang ist weiß. Er schneidet Petja und das gesamte Bild für Zachedrynskij ab.
Auf dem Proszenium bleibt nur Zachedrynskij vor dem Hintergrund des weißen Vorhangs.
Pause.
Zachedrynskij wendet sich mit dem Gesicht dem Publikum zu.
Pause.
Zachedrynskij streckt die Arme zur Seite aus wie ein Blinder, der Berührung sucht.

ZACHEDRYNSKIJ Nebel...

Mit ausgestreckten Händen die Luft abtastend, vorsichtig seine Schritte setzend, geht er nach links. Plötzlich bleibt er stehen.
Von links kommen der erste und der zweite Mann mit Bajonetten in den Händen. Ähnlich wie Zachedrynskij bewegen sie sich wie Menschen, die nichts sehen. Sie sehen auch einander nicht.

ERSTER MANN Er ist hier irgendwo.

Zachedrynskij läßt sich auf alle viere hinunter, sein Körper ist parallel zur Rampe, sein Kopf zur linken Kulisse gewandt, und er erstarrt in dieser Position.
Der zweite Mann stolpert über Zachedrynskij.

Wo bist du?
ZWEITER MANN Hier.

Halb gebeugt und blind suchend stößt der zweite Mann mit der linken Hand – in der rechten hält er das Bajonett – auf Zachedrynskijs Schulter.

ERSTER MANN Was ist?
ZWEITER MANN Ein Stein.

Er setzt sich auf den Rücken, oder genauer gesagt, auf Zachedrynskijs Steißbein.
Der erste Mann kommt näher, ohne das zu wissen, und stößt mit der linken ausgestreckten Hand – in der rechten hat er das Bajonett – auf das rechte Ohr des zweiten Mannes.
Überzeugt, daß er Zachedrynskij gefunden hat, erhebt er das Bajonett zum Stoß. Langsam, wie alle seine Bewegungen.

Nichts zu sehen.
ERSTER MANN *erkennt die Stimme des Zweiten.* Ach du bist das …

Er läßt die Hand mit dem Bajonett sinken.
Als er den zweiten an der Schulter berührt und dann nach unten fühlt, gelangt er an Zachedrynskijs Rücken.
Er berührt mehrere Male Zachedrynskijs Schultern, als habe er verbundene Augen und müsse die Oberfläche überprüfen, bevor er sich darauf setzen kann.
Er setzt sich auf Zachedrynskij wie auf einen Stein neben den Zweiten Mann, rechts von ihm, mit dem Rücken zum Publikum.

Pause.

ZWEITER MANN Rauchen wir eine?
ERSTER MANN Lieber nicht.
ZWEITER MANN Ich würde gerne rauchen.
ERSTER MANN Wenn wir ihn gefunden haben, dann rauchen wir.

Sie stehen auf. Den Raum vor sich mit ausgestreckten Händen und den Spitzen der Bajonette durchsuchend, gehen sie nach rechts.
Sie gehen nach rechts ab.
Pause.
Zachedrynskij steht auf.
Er dreht sich anderthalbmal rechts um sich herum und geht los, nach rechts.
Als er sich in der Mitte des Proszeniums befindet, hört man eine Stimme von rechts.

STIMME Feedja!

Zachedrynskij läßt sich wieder auf alle viere fallen, parallel zur Rampe, den Kopf zur rechten Kulisse.
Pause.
Von rechts kommt der 1. Matrose. Er geht blind nach links. Er geht an Zachedrynskij vorbei.
Von links kommt der 2. Matrose mit der Harmonika. Blind geht er nach rechts. Er geht an Zachedrynskij vorbei.

2. MATROSE Griiischa!

Beide bleiben stehen. Der 1. Matrose befindet sich jetzt links von Zachedrynskij, der 2. Matrose rechts von ihm.

1. MATROSE Fedka, wo bist du!!
2. MATROSE Hier!

Der 1. Matrose wendet sich nach rechts und beginnt nach rechts zu gehen. Der 2. Matrose wendet sich nach links und beginnt nach links zu gehen.
Sie gehen an Zachedrynskij vorbei und verfehlen sich. Der 2. Matrose läuft zwischen Zachedrynskij und der Rampe, der 1. Matrose zwischen Zachedrynskij und dem weißen Vorhang.
Sie gehen dahin, woher sie gekommen sind, das heißt der 1. Matrose nach rechts, der 2. Matrose nach links.
Pause.
Zachedrynskij erhebt sich und wendet sich rechts rum mit dem Gesicht zum Publikum.
Pause.
Zachedrynskij wendet sich vom Publikum ab und bewegt sich in Richtung weißer Vorhang.
Der weiße Vorhang geht vor ihm auf.
In dem Maß, wie der Vorhang aufgeht, erscheinen die Linie des Ufers, die Linie des Horizonts und die Kirche. Die beiden Bänke aus schwarzem Marmor zu Seiten der Kirche, die Chaiselongue, der Schemel, der Tisch, die USA-Flagge über dem Tor der Kirche sind verschwunden. Verschwunden ist auch der Mond. Der Himmel ist weiterhin saphirblau und das Meer hell granatfarben. Sowohl der Himmel wie das Meer sind jetzt eine Nuance dunkler.

Auf der Linie des Ufers, links von der Kirche – der »Sekretär« aus dem 1. Akt. Neben dem Sekretär, im linken Profil, mit aufgeknöpfter Uniform ohne Gürtel, so wie zu Beginn des 1. Aktes, sitzt Sejkin und schreibt.
Auf Sejkins Knie der Pferdeschädel.
Auf der rechten Seite der Kirche auf der Uferlinie der Sessel aus dem 1. Akt, nach links gedreht, es ist derselbe, auf den sich Tatjana gesetzt hat, als sie in den Salon der Pension »Nizza« auf der Krim kam, zu Beginn des 1. Aktes.
Vor dem Sessel ein kleiner runder Tisch auf einer Säule mit Fuß, darauf ein Gefäß für Früchte, dasselbe wie im 1. Akt. Darauf eine Pyramide von Apfelsinen.
Der Sessel ist leer.
Zachedrynskij geht noch ein paar Schritte nach hinten und bleibt stehen. Er steht mit dem Rücken zum Publikum da. Pause.

ZACHEDRYNSKIJ Und wo ist Tatjana Jakowlewna?

Sejkin legt die Feder hin, klemmt sich den Pferdeschädel unter den Arm, steht auf und geht auf Zachedrynskij zu.

SEJKIN Gehen wir, Iwan Nikolajewitsch.
ZACHEDRYNSKIJ Wohin?
SEJKIN Zu ihr.

Er nimmt Zachedrynskij an die Hand. Er führt ihn nach links.
Sie gehen nach links.
Vom Meer, d. h. hinter dem Ufer, taucht Tatjana auf, die

unsichtbare Treppen hinaufschreitet, genauso alt und genauso gekleidet, mit demselben Schirm wie zu Beginn des 1. Aktes.

Sie geht in das Tor der Kirche. Gleichzeitig gehen die Lichter in den Kirchenfenstern an, man hört Kirchenchöre, kräftige orthodoxe Baß- und Baritonstimmen. Die Kirchenfenster sind purpurrot, als sähe man durch purpurne Scheiben.

Tatjana bleibt im Tor stehen.

Sie steht mit dem Gesicht dem Publikum zugewandt.

Pause.

Allmählich wird die Bühne dunkel, die Kirchenchöre verstummen.

Nur die Kirchenfenster leuchten noch.

Dunkelheit und Stille. Nur die purpurroten Fensterrechtecke.

Pause.

Die Lichter in den Kirchenfenstern gehen aus, alle gleichzeitig.

Vorhang.
Ende des Dritten Aktes und
Ende der Vorstellung.

Nachwort

Die Übersetzungen der Fragmente aus *Hamlet, Othello* und dem *Sommernachtstraum* sind meine. Diese Selbständigkeit ist kein Ausdruck des Mißtrauens gegenüber den vorliegenden Übersetzungen, sondern eine Willkür gegenüber Shakespeare, eine Verbiegung seiner Texte für die Erfordernisse dieses Stücks, so die Vermischung der Handlung bei Shakespeare, die Auslassungen, die Umstellungen, die Vereinfachungen und in einem Fall selbst die völlige Veränderung des Sinnes (einige Verse aus dem Fragment des *Sommernachtstraums*). Natürlich könnte ich mir solche Mätzchen nicht erlauben, wenn ich eine der vorhandenen Übersetzungen benutzt hätte.

Die Shakespeare-Fragmente müssen ernsthaft gespielt werden, d. h. so, wie die Schauspieler spielen würden, wenn sie die Stücke normal spielten. Jede Parodie ist untersagt.

Einige Sätze in diesem Stück sind in russischer Sprache, zum Beispiel Wolfs Aufzählung seiner Verdienste als Eisenbahningenieur im Dienst der Sowjetmacht, 2. Akt. Sie sind nicht nur russisch, sondern ein polnisch-russisches Gemisch, im puristischen Sinne plump. Diese Plumpheit aber ist beabsichtigt. Nicht jeder polnische Zuschauer versteht russisch, aber jedem scheint es so, als ob er es könne und dieses Kauderwelsch versteht er ohne

Schwierigkeiten. Außerdem klingt dieses Kauderwelsch komisch, was in manchen Situationen erwünscht ist.

Wenn von Komik die Rede ist, dann hier ein Appell an die Regisseure und Schauspieler: Mit der Komik bitte vorsichtig umgehen. Ich wiederhole, in manchen Situationen ist sie erwünscht, in anderen erlaubt, und in wieder anderen weder das eine noch das andere. Man darf sie nicht monoton oder mechanisch anwenden. Ganz allgemein gesprochen: sowohl eine prätentiöse Aufblähung wie ein dümmliches Kasperletheater wären katastrophale Fehler.

Bei der Erstellung von Kopien wie auch bei den Publikationen wäre es erwünscht, dasselbe typographische Bild beizubehalten. (Und die Verschwendung von Papier, die ich im Manuskript angewandt habe.) Dieses System bemüht sich, dem Leser dieselben Rhythmen, Pausen, Beschleunigungen und eine Art von Räumlichkeit zu vermitteln, die der Zuschauer im Theater erfährt. Solch eine Transposition der Bühne auf das Papier kann nie völlig gelingen, aber man kann es versuchen. Und jeder, der das Stück beruflich oder privat liest, weiß, wie unerträglich sparsame, zusammengepreßte und hintereinander verlaufende Texte sind, die für die Bühne vorgesehen sind.

Bitte beachten Sie auch die folgenden Seiten

Sławomir Mrożek im Diogenes Verlag

Striptease

und andere Stücke

Aus dem Polnischen von Ludwig Zimmerer

Inhalt: *Polizei, Auf hoher See, Karol, Striptease, Das Martyrium des Piotr O'Hey, Der Truthahn.*

Auf hoher See gibt es kein Entrinnen: Einer der drei schiffbrüchigen Männer auf dem Floß soll aufgefressen werden, damit wenigstens die beiden anderen überleben können. Jeder versucht den anderen davon zu überzeugen, daß gerade er sich opfern müsse. In pointierten Dialogen werden die Lügen und Phrasen erkennbar, mit denen Menschen dazu gebracht werden, ihr Leben zu opfern.

In *Karol* kommen ein ebenso schießwütiger wie kurzsichtiger Opa und sein grobschlächtiger Enkel zu einem Augenarzt. Mittels einer neuen Brille will der Opa den von ihm verfolgten und gehaßten ominösen Karol endlich erkennen und ihm mit der Flinte eins aufs Fell brennen. Der Augenarzt befürchtet, von dem Opa für besagten Karol gehalten zu werden. Aus Angst wird er zum Komplizen der verrückten Karol-Jäger.

In *Striptease* werden zwei Männer in einen gefängnisartigen Raum gestoßen, dessen Türen offen sind. Die Männer, beide in Straßenanzügen und mit Aktentaschen ausgestattet, versichern sich gegenseitig, daß ›das Ereignis‹ keinerlei Bedeutung habe und kein Grund zu Beunruhigung bestehe. Wenn sie wollten, könnten sie ja jederzeit den Raum verlassen. Während die beiden Männer sich in eine philosophische Diskussion über den Freiheitsbegriff verstricken, schließt eine riesige Hand von außen die Türen…
»Als das Stück Anfang der sechziger Jahre auf die Bühne kam, ließ sich dieser *Striptease* unschwer als

absurde Parabel auf die politischen Zustände Polens deuten. Wenn man das Stück heute wieder sieht, ist man fast verwundert, wie allgemeingültig die Botschaft ist.«
Thomas Thieringer/Süddeutsche Zeitung, München

Tango

und andere Stücke

Deutsch von Christa Vogel und Ludwig Zimmerer

Inhalt: *Eine wundersame Nacht*, *Zabawa*, *Der Kynologe am Scheideweg*, *Der Tod des Leutnants*, *Tango*, *Der Hirsch*, *Racket-baby*.

In *Tango* erinnern sich Arturs Eltern und Großeltern an die Zeiten, in denen Tango zu tanzen noch ein Skandal war. Doch mit diesen und allen anderen Konventionen haben sie gründlich aufgeräumt. Der Enkel Artur beschwert sich nun über die totale Freiheit, »weil nichts mehr möglich ist, weil eben alles möglich ist«. Artur fordert sein »Recht auf Aufruhr«.
»Die Stücke des heute in Mexiko lebenden polnischen Autors mögen es, politische und gesellschaftliche Mechanismen derart konsequent ins Absurde zu treiben, daß sie unterhaltsam durchschaubar werden. *Tango* hat von seiner kritischen Qualität als Farce kaum etwas eingebüßt, erweist sich als noch immer verblüffend offen für Deutungen und aktuelle Bezüge: Artur als Yuppie-Sproß der in die Jahre gekommenen Tabubrechergeneration. Oder: Artur als hilfloser ›Fundi‹ im Anything-goes-Geschwätz.«
Neue Zürcher Zeitung

»Mrożeks Komik möchte die Imitation mit Hilfe der Imitation kompromittieren. Man kommt ihm näher, wenn man sich einen kafkaesk verfremdeten Čechov oder einen slawisch parodierten Kafka denkt. Die Überführung des Schwachsinns der total verwalteten Welt, die Reinigung vom Pathos durch Ironie ist die Katharsis dieser Stücke.« *Karl Dedecius*

Der Botschafter

und andere Stücke

Deutsch von Christa Vogel und M. C. A. Molnar

Inhalt: *Der Botschafter*, *Ein Sommertag*, *Alpha*, *Der Vertrag*, *Das Portrait*, *Die Witwen*.

Der Botschafter eines großen Landes bekommt vom Sonderbeauftragten seines Gastlandes ein merkwürdiges Geschenk: ein großer hellblauer Globus – ohne Kontinente. »Das ist kein Fehler«, sagt der Sonderbeauftragte. »Wir arbeiten noch daran.« Eines Tages, wenn die Aufteilung der Welt perfekt wäre, würden die Kontinente und Ländergrenzen eingezeichnet werden. Noch während der Sonderbeauftragte spricht, hört man eine Stimme um Hilfe rufen. Plötzlich stößt der Kopf eines Mannes oben durch den Globus hindurch, wie ein Küken aus dem Ei. Der Botschafter möchte dem unerwarteten Gast etwas anbieten: »Was darf's denn sein? Ein Martini? Ein Sherry?« – »Asyl!«, antwortet der Mann. »Ich bin Flüchtling. Ich bitte um Asyl.«

Alpha, der angebetete Volkstribun einer Massenprotestbewegung gegen ein totalitäres Regime, wird während eines Aufstands von der Geheimpolizei festgenommen. Man bringt ihn in ein höchst luxuriöses Gefängnis, ein von der Geheimpolizei extra zu diesem Zwecke requiriertes Schloß. Beta, der Chef der Geheimpolizei, erklärt Alpha die Situation. Nach der blutigen Niederschlagung des Aufstandes, ist das Regime um sein Image besorgt: »Wir haben zwar die Macht, aber wir haben keine Ausstrahlung.« Die möchte man sich gern bei Alpha ›ausleihen‹...

»Mrożek ist ein engagierter Schriftsteller – also hält er die Literatur nicht für eine erhabene Spielerei mit Worten, sondern für ein Mittel, auf die Menschen zu wirken. Er ist Humorist – also meint er es besonders ernst. Er ist Satiriker – also verspottet er die Welt, um sie zu verbessern. Er ist Surrealist – also geht es ihm um die

Wirklichkeit, die er mit überwirklichen Motiven verfremdet, um sie zu verdeutlichen. Er ist ein Mann des Absurden – also zeigt er das Widersinnige, um die Vernunft zu provozieren.« *Marcel Reich-Ranicki*

Die Giraffe

und andere Erzählungen

Deutsch von Christa Vogel
und Ludwig Zimmerer

Der vorliegende Band enthält die ersten Erzählungen und kleineren Prosastücke Mrożeks aus den Jahren 1953–1960, darunter so bekannte wie *Der Elefant, Hochzeit in Atomweiler*, *Der Schwan* und *Die Giraffe.*

»Mrożeks Satiren sind mehr als in Allegorie verschlüsselte Leitartikel zu Tagesfragen. Sie sind Parabeln, die nicht ins Allgemeine, Unverbindliche hinwegschwindeln müssen, um zu Dichtungen zu werden.«
Hellmuth Karasek

»Mrożeks Stärken sind bekannt: Ironie und Phantasie. Der Pastiche, die Ausnutzung der Pointe, Stilparodien die polemische Verkehrung der Motive, das dialektische Schattenboxen – all dies bereitet ihm selbst wie auch seiner Lesergemeinde sichtbares Vergnügen.«
Tadeusz Nowakowski

»Der vor allem als Dramatiker bekannt gewordene Autor erweist sich auch als pointenreicher Prosaschriftsteller, der mit seinem Witz der Absurdität unserer Wirklichkeit zu Leibe rückt und die Wechselbeziehung von Realität und Irrealität ins Spiel bringt.«
Neue Zürcher Zeitung

»Mrożek zeigt in surrealistischen Miniaturen, die von grotesken Einfällen strotzen, vor allem die Folgen der Propaganda im Bewußtsein der durchschnittlichen Menschen. Dieser Satiriker kritisiert die Gesellschaftsordnung, in der er lebte, lediglich vom Standpunkt der

Logik. Er liebt phantastische Motive, aber er ist der Sachwalter der Vernunft und des gesunden Menschenverstandes. Und eben deswegen verdeutlicht er die Absurdität der von ihm dargestellten Welt.«
Marcel Reich-Ranicki

Die Geheimnisse des Jenseits
und andere Geschichten

Deutsch von Christa Vogel

Ob einer seine Seele verkaufen will und über den mickrigen Teufel staunt, der als *Partner* für das Geschäft auftaucht, ob ein Intellektueller an der harmlosen Frage *Tee oder Kaffee?* verzweifelt oder ob wegen der Chancengleichheit in einem *Hamlet* neun Hamlets gleichzeitig auftreten müssen – der Dramatiker Mrożek zeigt mit seinen Erzählungen aus den Jahren 1986–90, daß er auch ein Meister der kurzen Form ist.

»Mrożeks Gedanken sind so ungewöhnlich, daß sie jedem verständlich sind.« *Die Welt, Berlin*

»Mrożek ist ein Meister überraschender Wendungen. Binnen weniger Worte hat sich die Geschichte gedreht. Die Verblüffung des Lesers ist in keinem seiner Kunststücke Selbstzweck. Aus seinem schwarzen Zylinder steigen nur dann weiße Tauben auf, wenn die Katze, die er aus dem Sack läßt, auch Bestandteil des Welträtsels ist.« *Märkische Allgemeine, Potsdam*

»Kein anderer Schriftsteller der polnischen Nachkriegsliteratur, hat es so diskussionslos geschafft, zu Lebzeiten zum Klassiker zu werden wie Sławomir Mrożek.« *Neue Zürcher Zeitung*

Anton Čechov im Diogenes Verlag

»Er hat seine Erzählungen mit vollkommener Kunstfertigkeit gestaltet: *Die Bauern* zum Beispiel sind ebenso vollkommen wie Flauberts *Madame Bovary*. Er bemühte sich, einfach, klar und knapp zu schreiben. Seine drastischste Forderung war, daß der Schriftsteller Anfang und Ende seiner Erzählung weglassen sollte. Er selbst hat das getan, und zwar so rigoros, daß seine Freunde sagten, man solle ihm die Manuskripte wegschnappen, bevor er die Möglichkeit habe, sie zu verstümmeln: ›Sonst beschränken sich am Ende die Erzählungen darauf, daß sie jung waren, sich verliebten, heirateten und unglücklich wurden.‹ Als man das Čechov erzählte, sagte er: ›Aber so ist es doch tatsächlich.‹« *W. Somerset Maugham*

»Ein Poet wie Whitman? ein Dramatiker wie Shakespeare? ein großer Mann wie sie alle? – all das vereinigt er ja in sich. Aber Čechov ist noch mehr. Er ist mein Freund.« *Sean O'Casey*

»Welche Schriftsteller mich als jungen Menschen beeinflußt haben? Čechov! Als Dramatiker? Čechov! Als Erzähler? Čechov!« *Tennessee Williams*

● **Das dramatische Werk**
Neu übersetzt, transkribiert und herausgegeben von Peter Urban. Jeder Band bringt den unzensurierten Text mit sämtlichen Varianten und Lesearten, Auszüge aus Čechovs Notizbüchern, Anmerkungen und einen editorischen Bericht

Der Kirschgarten
Komödie in vier Akten

Der Waldschrat
Komödie in vier Akten

Die Möwe
Komödie in vier Akten

Onkel Vanja
Szenen aus dem Landleben in vier Akten

Ivanov
Drama in vier Akten

Drei Schwestern
Drama in vier Akten

Platonov
›Stück ohne Titel‹ in vier Akten und fünf Bildern. Erstmals vollständig deutsch

Sämtliche Einakter

Das erzählende Werk

Deutsch von Gerhard Dick, Wolf Düwel, Ada Knipper, Hertha von Schulz, Michael Pfeiffer und Georg Schwarz. Gesamtredaktion, Anmerkungen und Nachweise von Peter Urban

Ein unbedeutender Mensch
Erzählungen 1883–1885

Gespräch eines Betrunkenen mit einem nüchternen Teufel
Erzählungen 1886

Die Steppe
Erzählungen 1887–1888

Flattergeist
Erzählungen 1888–1892

Rothschilds Geige
Erzählungen 1893–1896

Die Dame mit dem Hündchen
Erzählungen 1897–1903

Eine langweilige Geschichte / Das Duell
Kleine Romane I

Krankenzimmer Nr. 6 Erzählung eines Unbekannten
Kleine Romane II

Drei Jahre / Mein Leben
Kleine Romane III

Die Insel Sachalin
Reisebericht

Das Drama auf der Jagd
Eine wahre Begebenheit. Neu übersetzt von Peter Urban

Meistererzählungen
Ausgewählt von Franz Sutter. Deutsch von Ada Knipper, Herta von Schulz und Gerhard Dick

Briefe

in 5 Bänden. Die größte nicht-russische Briefausgabe in der Neuübersetzung und -edition von Peter Urban. Jeder Band enthält Faksimiles, einen umfangreichen Anhang mit editorischem Bericht, Anmerkungen und einer Chronik; im letzten Band zusätzlich ein Personen- und Werkregister

Tagebücher Notizbücher

Herausgegeben und vollständig neu übersetzt von Peter Urban. Mit Vorwort, editorischem Bericht, ausführlichen Anmerkungen und Personenregister

Čechov-Chronik

Leben und Werk von Anton Čechov Herausgegeben von Peter Urban. Der Anhang bringt ein Nachwort, das Inhaltsverzeichnis der ersten russischen Gesamtausgabe und eine Bibliographie aller deutschen Übersetzungen

Anton Čechov Sein Leben in Bildern

Herausgegeben von Peter Urban. Mit 739 Abbildungen, einem Anhang mit Daten zu Leben und Werk und einem Personenregister

Freiheit von Gewalt und Lüge

Gedanken über Aufklärung, Fortschritt, Kunst, Liebe, Müßiggang und Politik. Zusammengestellt von Peter Urban. Mit fünf Porträts und einer Selbstkarikatur von Doktor Čechov

Das Čechov Lesebuch

Herausgegeben, kommentiert und mit einem Vorwort von Peter Urban

Über Čechov

Herausgegeben von Peter Urban

Friedrich Dürrenmatt im Diogenes Verlag

● **Das dramatische Werk**

Es steht geschrieben / Der Blinde
Frühe Stücke. Mit der ersten Komödie ›Untergang und neues Leben‹, einem Fragment aus dem verschollenen Stück ›Thogarma‹ und ›Der Doppelgänger‹ im Anhang

Romulus der Große
Eine ungeschichtliche historische Komödie in vier Akten. Neufassung 1980. Mit der unvollendeten Komödie ›Kaiser und Eunuch‹

Die Ehe des Herrn Mississippi
Eine Komödie in zwei Teilen (Neufassung 1980) und ein Drehbuch

Ein Engel kommt nach Babylon
Eine fragmentarische Komödie in drei Akten. Neufassung 1980. Mit Fragmenten aus ›Der Turmbau zu Babel‹ und ›Der Uhrenmacher‹

Der Besuch der alten Dame
Eine tragische Komödie. Neufassung 1980

Frank der Fünfte
Komödie einer Privatbank. Mit Musik von Paul Burkhard. Neufassung 1980

Die Physiker
Eine Komödie in zwei Akten. Neufassung 1980

Herkules und der Stall des Augias / Der Prozeß um des Esels Schatten
Griechische Stücke. Zwei Hörspiele und eine Komödie, letztere in der Neufassung 1980

Der Meteor / Dichterdämmerung
Zwei Nobelpreisträgerstücke. ›Der Meteor‹ in der Wiener Fassung 1978, ›Dichterdämmerung‹ ist die 1980 dramatisierte Form von ›Abendstunde im Spätherbst‹

Die Wiedertäufer
Eine Komödie in zwei Teilen. Urfassung 1967 (Komödienfassung des ersten Dramas ›Es steht geschrieben‹)

König Johann / Titus Andronicus
Shakespeare-Umarbeitungen

Play Strindberg / Porträt eines Planeten
Übungsstücke für Schauspieler

Urfaust / Woyzeck
Zwei Bearbeitungen

Der Mitmacher
Ein Komplex. Text der Komödie (Neufassung 1980), Dramaturgie, Erfahrungen, Berichte, Erzählungen

Die Frist
Eine Komödie. Neufassung 1980

Die Panne
Hörspiel und Komödie

Nächtliches Gespräch mit einem verachteten Menschen / Stranitzky und der Nationalheld / Das Unternehmen der Wega
Hörspiele und Kabarett

Achterloo
Komödie. Mit einem Nachwort des Autors

Das erzählende Werk
Deutsch von Gerhard Dick, Wolf Düwel, Ada Knipper, Hertha von Schulz, Michael Pfeiffer und Georg Schwarz. Gesamtredaktion, Anmerkungen und Nachweise von Peter Urban

Ein unbedeutender Mensch
Erzählungen 1883–1885

Gespräch eines Betrunkenen mit einem nüchternen Teufel
Erzählungen 1886

Die Steppe
Erzählungen 1887–1888

Flattergeist
Erzählungen 1888–1892

Rothschilds Geige
Erzählungen 1893–1896

Die Dame mit dem Hündchen
Erzählungen 1897–1903

Eine langweilige Geschichte/Das Duell
Kleine Romane I

Krankenzimmer Nr. 6
Erzählung eines Unbekannten
Kleine Romane II

Drei Jahre/Mein Leben
Kleine Romane III

Die Insel Sachalin
Reisebericht

Das Drama auf der Jagd
Eine wahre Begebenheit. Neu übersetzt von Peter Urban

Meistererzählungen
Ausgewählt von Franz Sutter. Deutsch von Ada Knipper, Herta von Schulz und Gerhard Dick

Briefe
in 5 Bänden. Die größte nicht-russische Briefausgabe in der Neuübersetzung und -edition von Peter Urban. Jeder Band enthält Faksimiles, einen umfangreichen Anhang mit editorischem Bericht, Anmerkungen und einer Chronik; im letzten Band zusätzlich ein Personen- und Werkregister

Tagebücher
Notizbücher
Herausgegeben und vollständig neu übersetzt von Peter Urban. Mit Vorwort, editorischem Bericht, ausführlichen Anmerkungen und Personenregister

Čechov-Chronik
Leben und Werk von Anton Čechov
Herausgegeben von Peter Urban. Der Anhang bringt ein Nachwort, das Inhaltsverzeichnis der ersten russischen Gesamtausgabe und eine Bibliographie aller deutschen Übersetzungen

Anton Čechov
Sein Leben in Bildern
Herausgegeben von Peter Urban. Mit 739 Abbildungen, einem Anhang mit Daten zu Leben und Werk und einem Personenregister

Freiheit von Gewalt und Lüge
Gedanken über Aufklärung, Fortschritt, Kunst, Liebe, Müßiggang und Politik. Zusammengestellt von Peter Urban. Mit fünf Porträts und einer Selbstkarikatur von Doktor Čechov

Das Čechov Lesebuch
Herausgegeben, kommentiert und mit einem Vorwort von Peter Urban

Über Čechov
Herausgegeben von Peter Urban

Friedrich Dürrenmatt im Diogenes Verlag

● Das dramatische Werk

Es steht geschrieben / Der Blinde
Frühe Stücke. Mit der ersten Komödie ›Untergang und neues Leben‹, einem Fragment aus dem verschollenen Stück ›Thogarma‹ und ›Der Doppelgänger‹ im Anhang

Romulus der Große
Eine ungeschichtliche historische Komödie in vier Akten. Neufassung 1980. Mit der unvollendeten Komödie ›Kaiser und Eunuch‹

Die Ehe des Herrn Mississippi
Eine Komödie in zwei Teilen (Neufassung 1980) und ein Drehbuch

Ein Engel kommt nach Babylon
Eine fragmentarische Komödie in drei Akten. Neufassung 1980. Mit Fragmenten aus ›Der Turmbau zu Babel‹ und ›Der Uhrenmacher‹

Der Besuch der alten Dame
Eine tragische Komödie. Neufassung 1980

Frank der Fünfte
Komödie einer Privatbank. Mit Musik von Paul Burkhard. Neufassung 1980

Die Physiker
Eine Komödie in zwei Akten. Neufassung 1980

Herkules und der Stall des Augias / Der Prozeß um des Esels Schatten
Griechische Stücke. Zwei Hörspiele und eine Komödie, letztere in der Neufassung 1980

Der Meteor / Dichterdämmerung
Zwei Nobelpreisträgerstücke. ›Der Meteor‹ in der Wiener Fassung 1978, ›Dichterdämmerung‹ ist die 1980 dramatisierte Form von ›Abendstunde im Spätherbst‹

Die Wiedertäufer
Eine Komödie in zwei Teilen. Urfassung 1967 (Komödienfassung des ersten Dramas ›Es steht geschrieben‹)

König Johann / Titus Andronicus
Shakespeare-Umarbeitungen

Play Strindberg / Porträt eines Planeten
Übungsstücke für Schauspieler

Urfaust / Woyzeck
Zwei Bearbeitungen

Der Mitmacher
Ein Komplex. Text der Komödie (Neufassung 1980), Dramaturgie, Erfahrungen, Berichte, Erzählungen

Die Frist
Eine Komödie. Neufassung 1980

Die Panne
Hörspiel und Komödie

Nächtliches Gespräch mit einem verachteten Menschen / Stranitzky und der Nationalheld / Das Unternehmen der Wega
Hörspiele und Kabarett

Achterloo
Komödie. Mit einem Nachwort des Autors

F. Dürrenmatt & Charlotte Kerr
Rollenspiele
Protokoll einer fiktiven Inszenierung und ›Achterloo III‹. Mit 28 Zeichnungen von Friedrich Dürrenmatt

Midas
oder Die schwarze Leinwand

● Das Prosawerk

Aus den Papieren eines Wärters
Frühe Prosa

Der Richter und sein Henker
Kriminalroman. Studienausgabe mit zahlreichen Fotos aus dem Film und einem Anhang

Der Verdacht
Kriminalroman. Mit einer biographischen Skizze des Autors

Der Hund / Der Tunnel / Die Panne
Erzählungen

Grieche sucht Griechin / Mr. X macht Ferien / Nachrichten über den Stand des Zeitungswesens in der Steinzeit
Grotesken

Das Versprechen / Aufenthalt in einer kleinen Stadt
Erzählungen

Theater
Essays, Gedichte und Reden

Kritik
Kritiken und Zeichnungen

Literatur und Kunst
Essays, Gedichte und Reden

Philosophie und Naturwissenschaft
Essays, Gedichte und Reden

Politik
Essays, Gedichte und Reden

Der Sturz
Erzählungen: ›Der Sturz‹ / ›Abu Chanifa und Anan Ben David‹ / ›Smithy‹ / ›Das Sterben der Pythia‹

Zusammenhänge
›Essay über Israel‹ /
Nachgedanken
unter anderem über Freiheit, Gleichheit und Brüderlichkeit in Judentum, Christentum, Islam und Marxismus und über zwei alte Mythen

Labyrinth
Stoffe I–III: ›Der Winterkrieg in Tibet‹ / ›Mondfinsternis‹ / ›Der Rebell‹. Vom Autor revidierte Neuausgabe

Minotaurus
Eine Ballade. Mit Zeichnungen des Autors

Justiz
Roman

Der Auftrag
oder Vom Beobachten des Beobachters der Beobachter. Novelle in vierundzwanzig Sätzen

Versuche
Essays und Reden

Denkanstöße
Ausgewählt und zusammengestellt von Daniel Keel. Mit sieben Zeichnungen des Dichters

Durcheinandertal
Roman

Turmbau
Stoffe IV–IX: ›Begegnungen‹ / ›Querfahrt‹ / ›Die Brücke‹ / ›Das Haus‹ / ›Vinter‹ / ›Das Hirn‹

Kants Hoffnung
Zwei politische Reden / Zwei Gedichte aus dem Nachlaß. Mit einem Essay von Walter Jens

Das Dürrenmatt Lesebuch
Herausgegeben von Daniel Keel. Mit einem Nachwort von Heinz Ludwig Arnold

Meistererzählungen
Mit einem Nachwort von Reinhardt Stumm

Gedankenfuge

Das Mögliche ist ungeheuer
Ausgewählte Gedichte. Mit einem Nachwort von Peter Rüedi

● Das zeichnerische Werk

Bilder und Zeichnungen

Die Heimat im Plakat
Ein Buch für Schweizer Kinder

● Über Dürrenmatt

Elisabeth Brock-Sulzer
Friedrich Dürrenmatt
Stationen seines Werkes. Mit Fotos, Zeichnungen, Faksimiles

Über Friedrich Dürrenmatt
Essays, Zeugnisse und Rezensionen von Gottfried Benn bis Saul Bellow. Mit Chronik und Bibliographie. Herausgegeben von Daniel Keel. Verbesserte und erweiterte Ausgabe

Herkules und Atlas
Lobreden und andere Versuche über Friedrich Dürrenmatt. Herausgegeben von Daniel Keel

Dürrenmatt
Katalog zu den Ausstellungen im Schweizerischen Literaturarchiv Bern und im Kunsthaus Zürich